Les éditions de la courte échelle inc.

Stanley Péan

Né à Port-au-Prince, en Haïti, en 1966, Stanley a grandi à Jonquière. Très vite, l'écriture a pris une grande place dans sa vie. À 17 ans, il remportait le premier prix au concours de nouvelles des Bibliothèques publiques du Saguenay-Lac-Saint-Jean et, en 1991, il publiait son premier roman, *Le tumulte de mon sang*. Depuis, il a écrit plusieurs autres romans et des recueils de nouvelles, publiés au Québec et en Europe.

Amoureux des mots et de la musique, il aime faire partager ses passions. Il a animé une émission de littérature à la télévision et est critique littéraire dans différents journaux. Conférencier recherché, il se rend souvent dans des écoles pour rencontrer les jeunes et participe à différents colloques, tant au Québec qu'en France. On lui doit aussi plusieurs textes de chansons.

À la courte échelle, en plus de ses romans pour adolescents parus dans la collection Roman+, il a publié *Zombi Blues* dans la collection pour adultes Roman 16/96, ainsi que l'album *Un petit garçon qui avait peur de tout et de rien* dans la série Il était une fois.

Du même auteur, à la courte échelle

Collection Albums
Série Il était une fois...
Un petit garçon qui avait peur de tout et de rien

Collection Roman+
L'emprise de la nuit
La mémoire ensanglantée
L'appel des loups
Quand la bête est humaine

Stanley Péan

Le temps s'enfuit

la courte échelle
Les éditions de la courte échelle inc.

Les éditions de la courte échelle inc.
5243, boul. Saint-Laurent
Montréal (Québec) H2T 1S4

Illustration de la couverture:
Israël Charney

Conception graphique:
Derome design inc.

Révision des textes:
Andrée Laprise

Dépôt légal, 1er trimestre 1999
Bibliothèque nationale du Québec

La courte échelle bénéficie de l'aide du ministère du Patrimoine cana-
dien dans le cadre de son Programme d'aide au développement de
l'industrie de l'édition. La courte échelle est aussi inscrite au programme
de subvention globale du Conseil des Arts du Canada et bénéficie de
l'appui du gouvernement du Québec par l'intermédiaire de la SODEC.

Données de catalogage avant publication (Canada)

Péan, Stanley

    Le temps s'enfuit

    (Roman+; R+56)

    ISBN 2-89021-350-1

    I. Titre.

PS8581.E24T45 1999   jC843'.54   C98-941320-9
PS9581.E24T45 1999
PZ23.P42Te 1999

*À Stéphane Bourguignon,
qui mérite bien que je lui offre un livre,
et
à la mémoire de Ronald Allum,
pour l'amour du blues.*

*La musique, c'est la somme de tes
expériences, de tes pensées, de ta sagesse.
Si tu ne la vis pas, mon vieux,
elle ne sortira jamais de ton biniou.*

CHARLIE «BIRD» PARKER [1920-1955]
Saxophoniste alto,
pionnier du style be-bop,
un des esprits les plus novateurs
de l'histoire du jazz

*Ma seule ambition serait de jouer une
mélodie parfaite de mon cru, avec toutes
les progressions d'accords justes,
une mélodie originale, pleine de fraîcheur
— et entièrement mienne!*

THEODORE «FATS» NAVARRO [1923-1950]
Trompettiste virtuose du style be-bop

Prélude

De la musique avant toute chose

— Marlon Lamontagne, j'aimerais te parler après la répétition, déclare Mme Blanchet d'une voix presque placide.

Mes confrères et consoeurs de l'Harmonie braquent leur regard sur moi. Pas la peine de m'offusquer des sourires moqueurs. Ce n'est pas la première fois que notre chef d'orchestre m'interpelle…

Mme Blanchet ne pouvait choisir un pire soir pour me garder en retenue. On m'attend à l'autre bout de la ville à dix-neuf heures. Je devine qu'elle va me chauffer les oreilles à propos des libertés que je prends avec le morceau que nous répétons pour le spectacle de fin d'année. Je l'entends déjà me reprocher mon refus de respecter l'arrangement pépère de *Ce n'est qu'un au revoir* qu'elle nous impose.

— Marlon, tu es un excellent trompettiste, commence-t-elle lorsque nous sommes seuls.

Mais pourrais-tu me faire le plaisir de t'en tenir à ta partition!

Toujours pareil: pas moyen de s'exprimer dans cet orchestre! On encourage la justesse du jeu, mais pas la créativité, l'émotion, l'inspiration. Comme si l'interprétation d'un morceau n'était qu'une affaire de technique!

Je me demande pour quelle raison je m'entête. Mais je sais pourquoi au fond. Je m'acharne parce que la musique est tout pour moi. Et le plus paradoxal, c'est que j'ai hérité cette passion de mon père, Pierre Morton Latouche.

Quelle drôle de sensation: avoir une dette envers un type qu'on connaît à peine! Il n'a jamais passé trois semaines d'affilée à la maison. *Papa was a rolling stone*, comme dit une chanson des Temptations. J'ai très peu de souvenirs de lui: une demi-douzaine de cartes d'anniversaire invariablement postées en retard; des cadeaux de Noël idiots qui n'ont jamais correspondu à mes goûts; et une poignée de Polaroïds flous.

Mon père est pianiste. Né à Chicago de parents haïtiens, il a tâté de toutes les formes de musique antillaise. Au début des années soixante-dix, il a fondé les Lords of Rhythm, un groupe funk réunissant une quinzaine de

Noirs et de Blancs, accoutrés en châtelains de la Renaissance.

Après une tournée des discothèques de province et un disque dont les chiffres de vente avaient redéfini la notion de fiasco, les Lords se sont séparés. Et la dissolution du groupe a fait couler beaucoup moins d'encre et de larmes que celle des Beatles.

Au fil des ans, mon père a dû accepter n'importe quel engagement: mariages, congrès d'hommes d'affaires, spectacles hommages aux géants du rhythm and blues. Tout ça, au détriment de sa musique à lui. C'est lors d'une de ces soirées qu'il a rencontré France Lamontagne, ma mère.

Elle travaillait comme serveuse au bar d'un hôtel d'Alma où il jouait. Je ne suis pas naïf au point de croire que maman et lui ont eu le coup de foudre. Mais ils se sont suffisamment plu pour qu'elle aille le rejoindre dans sa chambre après le boulot…

Est-ce par amour que ma mère a choisi de mener sa grossesse à terme? Ses proches ont pourtant tout tenté pour l'en dissuader. Un tas de facteurs militaient contre ma naissance. Que mon père soit un troubadour sans le sou augurait mal. Qu'il soit noir, c'était le comble! Abandonnée, avec un bâtard, quelle chance aurait-elle de se trouver un bon parti?

Têtue, France Lamontagne a ignoré les mises en garde de ses parents. Elle aurait pu, à la rigueur, me faire adopter, comme l'y encourageait ma grand-mère. Maman a refusé d'entendre raison. Et cette décision lui a valu d'être déshéritée par mon grand-père et pointée du doigt par les commères.

Déménagée à Montréal, maman m'a élevé seule. Ne soyons pas injuste: Pierre Morton Latouche assume sa paternité… Mais cette reconnaissance se résume essentiellement à quelques séjours chez nous, aussi brefs que rares, entre deux tournées, quand l'argent manque. En plus, il ne nous a pas donné signe de vie depuis trois ans.

Enfant, j'idolâtrais mon père. Je le voyais triomphant sur les scènes du monde entier, devant des foules en délire. Et son statut de superstar potentielle m'aidait à accepter qu'il ne soit pas là pour partager nos joies et nos peines.

Comme il brillait surtout par son absence, son étoile n'a pas tardé à pâlir! En vieillissant, j'ai éprouvé de plus en plus de ressentiment à son égard. Je lui en voulais pour ses départs, ses fausses promesses, ses mensonges. Je le détestais pour ce vide qui m'emplissait la poitrine chaque fois qu'un copain me racontait une partie de chasse, une soirée de hockey à la télé ou une balade en voiture en compagnie de son père!

Malgré tout, il suffisait qu'il débarque à l'improviste pour que mon animosité s'estompe. Ces soirs-là, je m'endormais en souhaitant qu'il décide de rester. Au regard triste de maman le matin, je comprenais qu'il s'agissait d'une escale: quelques jours, quelques semaines. La gloire l'appelait vers d'autres cieux. Sa vie était ailleurs, Dieu sait où.

Quand il repartait, je restais prostré devant la fenêtre du salon. «Il est juste sorti s'acheter des cigarettes», que je me répétais. «Il va revenir avec une foule d'anecdotes sur la vie *on the road*.» Et je ressassais ce refrain de blues durant des heures.

Curieux que je repense à tout ça au moment où Mme Blanchet me sermonne. Sans doute ne s'aperçoit-elle pas que je n'ai pas prêté la moindre attention à son verbiage.

— ... si je prends la peine de te le répéter, Marlon, c'est pour ton bien. Tu as un potentiel immense. Ce serait dommage de le gâcher par des cabotinages et des fautes de goût.

Enfin, la Blanchet me laisse partir. Pas

une seconde trop tôt: j'étais sur le point de lui pouffer de rire au visage. Ma trompette rangée dans son étui, je quitte le local.

— Elle n'a pas été trop dure?

Marianne Labonté m'a attendu. Je ne m'en étonne qu'à moitié. Ces jours-ci, elle a tout plein d'attentions pour moi, allez savoir pourquoi. Elle cherche à justifier son nom de famille ou quoi?

— Bof, depuis le temps, Lamontagne a pris l'habitude des sermons.

Marianne ne réagit pas à mon calembour. Dans le corridor, nos pas résonnent si fort qu'on croirait que nous portons des souliers à claquettes.

Marianne est clarinettiste. Avec sa sonorité aérienne, son phrasé régulier, elle incarne l'idéal de l'interprétation classique. La Blanchet la cite souvent en exemple au reste de l'Harmonie. À l'en croire, Marianne serait la candidate parfaite pour le Conservatoire et pourrait, si elle le voulait, faire une brillante carrière de soliste.

Par jalousie, j'ai développé un soupçon d'aigreur à son égard. Qu'autant de talent soit allé à une fille qui n'a pas en son coeur le feu de la musique me révolte! Issue d'un milieu bourgeois, Marianne se destine à des études de droit.

L'horloge de la salle des pas perdus indique dix-huit heures trente. Il n'y a plus un chat dans la polyvalente, à part les concierges. Je déverrouille ma case pour y prendre mon blouson. Marianne s'éclaircit la voix. De toute évidence, elle ne sait pas trop comment m'aborder.

— Je voulais te dire, Marlon, que je la trouve super, moi, ta manière de jouer… Je me demandais si on ne pourrait pas répéter ensemble, un de ces soirs. J'aimerais que tu m'apprennes à improviser en contrepoint sans perdre ma concentration.

Ça, c'est le bouquet! La virtuose veut des leçons du cancre! Je la détaille de la tête aux pieds: cascade de boucles noires, peau claire, traits finement ciselés, fossette à la joue droite, yeux de jade agrandis par les verres, taille moyenne, minceur athlétique. Les gars de l'école la disent «pas pire». Moi, j'avoue ne l'avoir jamais vraiment remarquée…

Je referme ma case.

— Écoute, je suis très occupé ces jours-ci…

— Je comprends, fait-elle, l'air déçu.

— Excuse-moi maintenant, j'ai un rendez-vous.

En me pressant, j'attraperai le bus de dix-huit heures trente-cinq. Ça m'ennuie de laisser Marianne comme ça, en plan, mais je ne lui avais rien demandé.

— Peut-être la semaine prochaine…

— Oui, peut-être, répond-elle, d'une voix faible.

Déjà, je m'élance vers la sortie.

Chapitre 1

Qui sème le vent récolte le tempo

J'arrive à destination avec une demi-heure de retard. Pas facile de s'y retrouver, le soir tombé, au milieu de cet agglomérat de vieilles bicoques mûres pour le marteau-piqueur. J'ai l'impression d'errer dans les ruines d'une ville dévastée par une explosion nucléaire. Je me fie aux *tags* et autres graffitis pour repérer la bâtisse où on m'a convoqué.

Sur la façade souillée par la suie, je lis: «Vu le manque d'intérêt général, demain n'aura pas lieu.» Je pousse la porte de métal. De l'étage me viennent des rires et des voix. Je fronce les narines: une odeur de pipi de chat imprègne la cage d'escalier.

Éclairé par des lampes fluorescentes, le studio occupe tout l'étage supérieur de cette ancienne manufacture de lingerie. Au centre, sur une estrade, se dressent des micros et des instruments séparés les uns des autres par des paravents couverts de moquette. Des cartons d'oeufs vides tapissent les murs. Au fond, une vitrine donne sur une cabine remplie de consoles électroniques dignes de *Star Trek*.

Ici, l'odeur d'urine se mêle à une autre, diffusée par la cigarette suspecte que les occupants de la pièce se passent entre eux. En me voyant, ils interrompent la communion. Je compte une douzaine de gars et de filles noirs, un peu plus âgés que moi, vêtus et coiffés selon les dernières modes afro-américaines.

— *Hi*, Marlon! s'exclame Aïsha, dont le visage s'éclaire à mon entrée. Hé, *gang*, c'est le trompettiste dont je vous ai parlé…

L'un après l'autre, mes hôtes me tapent dans la paume de la main puis enchaînent avec une succession de prises rituelles que je m'efforce de mémoriser. J'ai davantage de difficulté à retenir leurs noms. Dans le doute, un simple *man* ou *sis* conviendra.

Les acolytes d'Aïsha s'expriment dans un patois où se mêlent français et créole, avec une touche d'anglais. Pour faire plus *cool*, je suppose. Soit. Je profite de l'occasion pour exercer mon accent de Harlem et le peu d'haïtien que j'ai appris de papa.

L'un des musiciens me tend le joint. Non merci. L'idée d'avoir l'air coincé me gêne, mais je crains davantage de m'étouffer avec la fumée. De toute façon, pas besoin de drogue: la proximité d'Aïsha suffit à m'étourdir.

C'est une des plus belles filles que j'aie jamais vues. Avec ses pommettes sculptées dans le bronze, ses lèvres pulpeuses, sa poitrine mise en valeur par son bustier, ses jambes fuselées, Aïsha pourrait faire fortune comme *top model*. Elle a choisi de se consacrer à la musique, en tant que chanteuse de la formation hip-hop NRJ.

Nous nous sommes rencontrés par hasard, vendredi dernier. Seul sur le quai du métro, je m'amusais avec un *riff** de blues. J'étais si absorbé que je ne l'ai pas sentie approcher. Je n'ai constaté sa présence que lorsqu'elle s'est mise à applaudir.

À bord du wagon, nous avons fait plus ample connaissance. En arrivant à sa station, nous avons convenu du rendez-vous d'aujourd'hui. Son groupe préparait un enregistrement destiné aux grandes compagnies de disques. Aïsha pensait que ma trompette embouchée se marierait superbement à sa voix.

Je ne suis pas fou de hip-hop, mais cette

---

* Motif musical de deux ou quatre mesures, fortement rythmé, qui le plus souvent sert de contrepoint au solo d'un musicien.

fille me fascinait tant… Après échange de numéros de téléphone, elle est sortie en me laissant un bécot sur la joue et des papillons dans l'estomac. Une semaine plus tard, mon visage garde encore le sceau de ses lèvres et les insectes captifs s'agitent toujours dans mon ventre.

— Mets-toi à l'aise, me dit Aïsha. MC ne devrait pas tarder.

C'était bien la peine de me dépêcher! Je pose mon étui à trompette et me mêle au groupe. Une dénommée Nica m'aborde, mais c'est l'attention d'Aïsha que j'aimerais capter…

Après l'arrivée du fameux MC NRJ, il devient impossible d'attirer le regard de la belle. À croire que le monde entier a cessé d'exister! J'ai vu ce type dans un reportage télé sur le hip-hop à Montréal. Dans son chandail à l'effigie de Malcolm X, ce colosse noir aux tresses boudinées dégage un magnétisme certain.

Je grimace en le voyant passer son bras autour de la taille de SA chanteuse. Il a l'air d'un matou qui marque son territoire. Tout le monde est prêt? MC va à la régie et en referme la porte capitonnée. Les musiciens écrasent leur joint et prennent place sur l'estrade.

Trompette en main, je les rejoins. Je souffle

dans l'instrument, pour le chauffer. Du bout de la langue, j'en mouille l'embouchure. Sous mes doigts, les pistons n'offrent aucune résistance, à part le deuxième dont il faudrait remplacer le ressort. Peu importe. L'art des jazzmen consiste justement à jouer en contournant les difficultés.

Maman m'a offert cette trompette pour mes treize ans. Achetée chez Ron Midnight Music Store, cette Martin Committee d'occasion lui a coûté un bras. Elle est du même modèle que celle que papa avait un jour rapportée à la maison quand j'étais petit. Mon père collectionne les vieux instruments.

Selon le brocanteur new-yorkais qui la lui avait vendue, cette trompette aurait appartenu à un partenaire de Jimmy Falcon, saxophoniste mort en 1960 dans des circonstances sordides. Star méconnue du *hard bop**, Falcon est mon idole depuis que j'ai assez d'oreille pour distinguer les vrais artistes des fumistes.

---

* Littéralement, «bop dur». Style de jazz apparu vers le milieu des années cinquante en réaction au style cool («détendu») jugé froid, pas assez fringant. Cette musique, associée aux jazzmen noirs de New York, alliait les audaces harmoniques du be-bop à des mélodies simples et dansantes, inspirées du gospel et du rhythm and blues.

Cette trompette aurait été retrouvée près du cadavre de Falcon, la nuit de sa mort aux mains de vendeurs de drogue à qui il devait de l'argent. L'histoire ne me semblait pas très plausible — ce modèle n'existait sans doute pas à cette époque! Mais papa y croyait dur comme fer.

Par fétichisme, il interdisait à quiconque de toucher à son trésor. Un jour, à son insu, maman m'a permis de l'essayer. Dès l'instant où j'ai collé mes lèvres à l'embouchure, j'ai eu le coup de foudre.

Après, je n'ai eu qu'une ambition: devenir un grand trompettiste, digne des Jazz Messengers, le légendaire groupe que dirigeait le batteur Art Blakey!

MC NRJ nous fait écouter le brouillon de la pièce que nous allons enregistrer. Intitulée *Our Times Together*, la chanson mêle le soul des années soixante au rap, avec un soupçon de reggae. Rien de bien complexe sur le plan harmonique. Anxieux, le batteur frappe doucement ses cymbales et martèle sa grosse caisse. J'enfonce la sourdine Harmon dans le pavillon de ma trompette en jetant un coup d'oeil sur la partition schématique.

MC propose d'essayer une prise *live*, avant de reprendre nos parties un à un. La basse érige la charpente rythmique du morceau, bientôt appuyée par la batterie. Les guitares énoncent la mélodie en choeur. Aïsha se plante devant son micro.

Sa voix me fait l'effet d'une caresse. Une vraie sirène des mers tropicales!

Je n'ai pas vu le temps s'enfuir
s'envoler les heures comme des oiseaux
migrateurs
pas vu le temps s'enfuir
dans ton étreinte

Paupières serrées, le pavillon embouché collé au micro, j'attends une dizaine de mesures avant d'attaquer, un rien détimbré. Un air lancinant monte en moi. Tout doux, il va de mes tripes à mes lèvres, gagne en ampleur en fusant par l'orifice de ma sourdine.

Au fil des couplets, je me projette un clip: une plage déserte, avec de hauts cocotiers, balayée par la mer. Peu à peu, le va-et-vient des vagues se fait plus violent, défait les châteaux de sable, efface les traces de pas.

Je passe du registre moyen au très haut. Le vent fait ployer les palmiers. L'océan se déchaîne. Des nuages noirs assiègent le ciel. Bientôt un ouragan arrache tout sur son passage. Je crispe davantage les lèvres. Les muscles de mon visage sont tellement tendus qu'ils risquent de rester figés sur cette expression.

Enfin, je relâche la tension, baisse mon instrument, rouvre les yeux et constate que les autres musiciens se sont tus depuis quelques minutes. Aïsha me regarde, interloquée.

— Bravo, champion! Un vrai virtuose! s'exclame MC. Sauf que c'est Aïsha, la vedette; toi, t'es censé l'accompagner…

***

Presque minuit. Mes lèvres me font souffrir. J'entre à la maison sur la pointe des pieds. Maman m'a laissé une note: les restes de la tourtière du week-end m'attendent au frigo et une surprise dans la salle de musique.

Je me sers une généreuse portion. Comme bien des trompettistes et chanteurs d'opéra, j'ai toujours un petit creux. En raison de la respiration ventrale que nous devons maîtriser, notre diaphragme nous compresse l'estomac et donne perpétuellement faim. Au sortir du studio, j'ai pourtant refusé d'accompagner les musiciens au restaurant libanais du coin. La perspective de voir MC minoucher Aïsha me rebutait.

Depuis qu'elle s'est résignée à me voir suivre l'exemple de mon père, maman m'appuie à deux cents pour cent. En plus d'investir des sommes faramineuses dans l'achat d'ouvrages de musicologie, de partitions et de disques, elle a converti notre chambre d'amis en salle de musique.

C'est mon lieu de recueillement. Dans l'unité murale s'entassent livres, cassettes, disques compacts et vinyles, ainsi qu'une chaîne stéréo. Les autres murs sont tapissés d'icônes sacrées: le panthéon du jazz, de Louis Armstrong à Miles Davis, en passant par Duke Ellington, Billie Holiday, Ella Fitzgerald, Charlie Parker, Dizzy Gillespie, Sarah Vaughan, Thelonious Monk, Clifford Brown, John Coltrane…

Et bien sûr, Jimmy Falcon, dieu parmi les dieux!

Sur le couvercle du tourne-disque repose la surprise annoncée: «Tempus Fugit», un microsillon de Falcon dont la pochette usée porte l'étiquette rouge des disquaires d'occasion. Le sourire fendu jusqu'aux oreilles, je remercie le ciel de m'avoir donné pour mère une sainte!

Une photo en noir et blanc de mon idole,

sax sur les genoux et cigarette en bouche, orne la couverture. Je ne connais pas cet album pressé en Italie. C'est un enregistrement illicite d'un spectacle présenté par Falcon au club Brilliant Corners, l'automne de sa mort.

Je sors le disque avec précaution. J'en inspecte la surface. Son précédent détenteur en avait bien pris soin. Je le dépose sur le plateau et allume l'amplificateur. Je mets mon casque d'écoute et me cale bien à l'aise dans mon fauteuil favori.

Le frottement de l'aiguille sur les sillons me flatte les tympans. La qualité de la prise de son, plus qu'acceptable pour un enregistrement monophonique pirate, me réjouit. À mon oreille, le crépitement évoque un feu de camp. Les mordus du laser ont beau vanter tant qu'ils veulent la pureté cristalline du numérique, rien ne vaut la chaleur des disques analogiques!

Entre les morceaux, les interventions superflues d'un animateur à l'enthousiasme factice confirment qu'il s'agit d'une prestation pour la radio, comme on en faisait régulièrement autrefois. Au milieu du brouhaha du club bondé, le quintette proposait ce soir-là son répertoire habituel: des compositions originales et des standards que le saxo et ses complices n'hésitent pas à défigurer au gré de leur inspiration, dont *Les feuilles mortes*.

Les yeux fermés, je tape du pied en suivant le tempo. Décidément, je suis né à la mauvaise époque!

Après un blues langoureux, le quintette se lance dans une interprétation de la pièce éponyme, *Tempus Fugit*, un titre de Bud Powell endisqué par de nombreux jazzmen. Après une ouverture tonitruante à la batterie, les cuivres attaquent à l'unisson le thème en forme de course à obstacles.

Puis, en solo, Falcon s'envole au gré de sa prodigieuse imagination mélodique. Il compte parmi les rares saxos qui, dès la première audition, convainquent de la nécessité de la moindre note issue de leur biniou*.

Qu'il soit mort si jeune, à peine trente-deux ans, m'enrage! S'il avait vécu plus longtemps, il aurait acquis un statut semblable à celui de Charlie Parker, autre victime de l'héroïne. Quel dommage qu'ils aient gâché leur vie avec la dope! Je pense à mon père. Trempe-t-il lui aussi, comme trop de musi-

---

* Mot breton désignant un genre de cornemuse. Par extension, le terme désigne n'importe quel instrument dans le jargon des musiciens.

ciens, dans de sordides histoires de drogue?

La trompette qui succède à Falcon me fait oublier ces considérations. Je reste un moment estomaqué. Je vais au tourne-disque et je replace la tête de lecture.

Je n'en crois pas mes oreilles. À quelques notes près, les chorus du trompettiste correspondent à mon improvisation sur la première prise de la chanson d'Aïsha et de son groupe!

Chapitre 2

Révélations

J'ai réécouté le solo de trompette sur *Tempus Fugit* dix fois de suite au moins. Pas d'erreur possible. Cette improvisation est quasiment identique à la mienne sur la chanson du groupe NRJ! Je ne suis pas superstitieux, mais je ne crois pas non plus aux coïncidences.

Je relis le dos de la pochette. Le trompettiste qui accompagnait Falcon ce soir-là au Brilliant Corners s'appelle Shadow Hill. Ce nom ne me dit rien. Ça m'agace. Je me suis fait un point d'honneur de connaître tous les partenaires de Falc, comme le surnomment les initiés.

Je consulte mon exemplaire usé du *Dictionnaire du jazz*. Aux pages 544-545, je repère: Andrew Hill, pianiste; Buck Hill, saxo ténor; Ernest Hill, contrebassiste et tubiste; Teddy Hill, saxophoniste, clarinettiste et chef d'orchestre.

Mais pas de Shadow Hill, trompettiste.

Je fouille dans mes autres livres de référence. On ne mentionne ce Shadow Hill nulle part.

Je remets la pièce *Tempus Fugit*. Ce titre en latin est un de ces calembours dont les compositeurs de be-bop raffolaient: il fait référence à un poème antique sur la fugacité du temps et à la forme du morceau, une fugue à la manière de Bach ou de Haendel.

«Je n'ai pas vu le temps s'enfuir», disait le refrain de la chanson d'Aïsha. Peut-être ai-je cité ce solo de trompette par association d'idées, sans m'en rendre compte.

L'hypothèse semble plausible… Le hic, c'est qu'avant ce soir, je ne connaissais ni cette version de *Tempus Fugit* ni ce Shadow Hill.

Je me gratte la nuque. Impossible de résoudre cette énigme cette nuit. Autant remettre l'enquête à demain.

***

Je dresse la table. Maman arrive dans la cuisine en traînant la patte. Sans me retourner, je devine l'expression sur son visage. Depuis des semaines, la fatigue lui déforme les traits. Elle trouve cependant la force de se hisser sur la pointe des pieds pour m'embrasser tendrement sur la nuque.

J'ai coupé en deux un pamplemousse pour elle et moi, même si je doute qu'elle prenne le temps de manger. Elle allume la radio sur une station de musique douce et se sert un café noir. Normal: avec le rock-détente sirupeux qui inonde la pièce, pas besoin de sucre!

— As-tu écouté le microsillon que je t'ai acheté? bâille ma mère entre deux gorgées de café. Il me semblait que tu ne l'avais pas…

— On dirait que tu connais ma collection mieux que moi!

— C'est parce que j'en ai payé les trois quarts, ironise-t-elle.

À ma surprise, elle s'assied devant son demi-pamplemousse et deux tranches de pain de seigle tartinées de confiture. Je m'en réjouis. Elle me sourit en retour. Dans la lumière du matin, ses rides ont l'air moins profondes.

— Et alors, quel est le verdict?

— Pour un disque pirate, le son est correct, mais…

J'hésite. La ressemblance entre mes chorus d'hier et ceux du trompettiste inconnu est peut-être due au hasard.

— C'est très bizarre: sur une des plages, un musicien joue un solo quasiment pareil à ce que j'ai improvisé hier soir…

Ma mère finit sa deuxième rôtie. J'adopte un air grave, pour qu'elle me prenne au sérieux.

— Peut-être que tu as déjà entendu la pièce, Marlon. À la radio, chez un copain…

— Je t'assure que non, maman.

Elle hausse les épaules.

— Il y a sûrement une explication logique…

Je veux bien. Mais laquelle?

**

Durant toute la journée, pas moyen de songer à autre chose. Ni les cours, ni les blagues de mes compagnons, ni les tentatives de Marianne Labonté de se rendre intéressante ne me distraient de l'affaire Shadow Hill. Après la classe, je fais un détour du côté du Ron Midnight Music Store dans le Vieux-Montréal, sous prétexte de faire vérifier le piston défectueux de ma trompette.

L'été passé, pendant le Festival de Jazz, des amis m'avaient emmené à une soirée chez Ron. Dans le loft enfumé au-dessus de la boutique s'entassaient des musiciens d'ici et des célébrités internationales. Plusieurs avaient apporté leur biniou et ça *jammait* en diable!

Même notre hôte avait poussé une «p'tite toune», en l'occurrence *Basin Street Blues*. Britannique installé au Québec depuis quarante ans, Ron Midnight chante néanmoins le blues comme s'il avait vu le jour dans une misérable case d'esclave sur les berges du Mississippi!

Ron a la réputation de détenir des connaissances encyclopédiques en matière de musique afro-américaine. Un centre d'archives musicologiques sur deux pattes! S'il y a une personne en ville qui peut me renseigner au sujet de Shadow Hill, c'est assurément lui.

En s'ouvrant, la porte d'entrée déclenche l'avertisseur: un coup de gong retentit. De l'atelier fusent des voix, des rires et, en sourdine, un air de blues.

— *Sorry, we're closed!* fait une voix éraillée.

— C'est moi, Ron: Marlon Lamontagne!

Le vieux pointe la tête entre les rideaux derrière le comptoir. Dès qu'il m'aperçoit, son visage fripé et orné de l'éternelle barbe de deux jours s'illumine. Je me fraie un chemin au milieu du bazar d'instruments neufs ou d'occasion. Il pose une main sur mon épaule et attire mon attention sur la chanson qui chuinte dans les enceintes acoustiques.

— Qu'est-ce qui joue? me défie-t-il de deviner.

Je me mords les lèvres, hésitant. Si j'échoue, je ne serai pas admis dans sa caverne d'Ali Baba.

— C'est *Time is Marchin'* de John Lee Hooker, non?

Le vieux m'adresse un clin d'oeil. Fiou! Je ne l'ai pas déçu…

Comme d'habitude, Ron n'est pas seul. Bien après la fermeture du magasin, cette ruche bourdonne des conversations d'un essaim de musiciens et de mélomanes. Ces clients privilégiés s'éternisent ici, les uns pour faire inspecter leurs instruments, les autres pour participer aux débats animés par Ron.

Aujourd'hui, il est question des talents de compositeur de Kurt Cobain, défunt leader du groupe Nirvana: doit-on le qualifier de génie, de fumiste ou de fumiste génial? La discussion ne m'intéresse pas et Ron le constate.

— Qu'est-ce qui cloche, *my boy*? Tu as

l'air soucieux.

— Ron, on pourrait se parler en privé?

Il m'entraîne vers son loft. Là, je déballe mon sac littéralement, en présentant à Ron l'intrigant microsillon. Tout en m'écoutant, il met le disque sur sa platine, à la plage renfermant le fameux solo. Il me laisse terminer mon récit sans faire de commentaire.

Après la coda de *Tempus Fugit*, le vieux gratte son menton râpeux du bout des ongles. Perplexe, il replace la tête de lecture au début du morceau, puis examine la pochette sous toutes ses coutures.

— Je ne connais pas ce Shadow Hill, mais la ressemblance entre son jeu et le tien est frappante en effet, opine Ron, méditatif. Le timbre, l'attaque, le phrasé; on jurerait le même musicien!

Ron fixe le portrait de Falcon, comme si la photo pouvait lui fournir la clé de l'énigme. Soudain inspiré, il hausse les sourcils.

— Mais oui! Je connais cette photo!

En moins de temps qu'il n'en faut pour crier «oop-bop-sh'bam!», Ron se précipite vers sa bibliothèque, s'agenouille au pied des rayons débordants, promène son index le long des livres, trouve celui qu'il cherche et l'arrache quasiment de l'étagère.

Je regarde par-dessus son épaule. Il s'agit d'un vieil album portant sur New York à la fin des années cinquante. Au chapitre portant sur la musique *hard bop* se succèdent les portraits en noir et blanc de mes héros, croqués sur le vif par Bill Claxton, Herman Leonard et autres maîtres de la photographie jazz.

On arrive à James Edward Falcon. Je reconnais le portrait qui orne la pochette de mon microsillon: cigarette au coin des lèvres, sax sur les cuisses. De toute évidence, on avait recadré le cliché de manière à ne montrer que Falcon sur le disque. Sur la photo originale, on distingue d'autres musiciens à l'arrière-plan, dans la pénombre d'un club: le Brilliant Corners à l'automne de 1960, selon la légende au bas de la page.

Entre autres, un jeune homme debout, une trompette serrée contre la poitrine, retient tout de suite notre attention. Vêtu d'un complet trop grand, il a l'air timide de quelqu'un qui aurait conscience d'être de trop. Bien que la mise au point sur Falcon rende ses traits un peu flous, Ron et moi sourcillons.

Ce garçon est mon sosie parfait!

Chapitre 3

Confirmation

J'ai toujours considéré l'expression «passer une nuit blanche» comme une simple figure de style. C'est-à-dire jusqu'à ce soir, où mon teint caramel me paraît pâlot!

Mentalement, je récapitule: un trompettiste, dont personne n'a jamais entendu parler et dont j'ai à mon insu cité un solo textuellement presque quarante ans après, me ressemble comme un jumeau. Que penser alors? Que je suis la réincarnation de ce musicien? comme l'a suggéré le vieux Ron, en blague.

Minuit approche. L'appartement baigne dans ce faux silence qu'on imagine total quand on ne prête pas l'oreille aux sons de la nuit. Les klaxons, crissements de pneus, aboiements et autres rumeurs citadines. La musique du bar western en face. Le craquement des murs. Le chuchotis des tuyaux. Le grondement du frigo, pareil à celui d'un matou repu. Les doux ronflements de ma mère. Le grincement des ressorts de mon sommier.

Le mystère me donne le vertige. Mes pensées sautent comme un disque rayé.

Shadow Hill.

Ces trois syllabes se répètent dans mon esprit en une mélopée incantatoire.

Je rabats mes couvertures. À l'aveuglette, je marche jusqu'à ma salle de musique sur la pointe des pieds. Entre les lattes des stores, l'enseigne clignotante du bar zèbre la pièce de stries rouges.

Le microsillon de Falcon est toujours sur le tourne-disque. J'allume la chaîne stéréo, prends mes écouteurs et place l'aiguille au début de la deuxième plage.

Tempus Fugit: le temps s'enfuit. Mais où s'en va-t-il?

Assis dans mon fauteuil, je me laisse ensorceler. J'ai beau connaître les sinuosités du solo de Falcon, ses feintes et tours de passe-passe, il m'émeut et m'émerveille encore.

Je scrute ma trompette sur son support près de ma bibliothèque. Sous le clignotement du néon écarlate, elle semble se dilater puis se contracter comme un cœur affolé, suivant le rythme de la batterie.

Sous un déluge d'applaudissements, Jimmy Falcon résout son chorus tumultueux puis cède la parole à son partenaire. J'interromps ici le morceau, cédant à une pulsion irrépressible.

J'empoigne mon biniou. Je fourre dans son pavillon la sourdine électronique Silent Brass qui permet de jouer sans craindre de réveiller les voisins, autre cadeau qui a coûté les yeux de la tête à ma mère. Je branche le gadget dans l'ampli, afin de juxtaposer ma trompette à celle de Hill.

J'hésite, incertain de ce que j'espère prouver. En quoi cela m'avancera-t-il d'imiter à la perfection ce trompettiste? En jazz, l'essentiel est de jouer comme soi-même et personne d'autre.

Mes doigts retrouvent automatiquement prise sur les pistons. J'appuie sur le deuxième, pour en tester la souplesse. Cet après-midi, Ron a remplacé le ressort défectueux. «C'est bien beau les pièces d'époque, mais si ça nuit au bon fonctionnement…»

Je chauffe mon cuivre. Au dire du virtuose Wynton Marsalis, la trompette est un instrument froid et difficile à amadouer. Elle se fiche pas mal de celui qui lui souffle dans le tuyau ou qu'on lui souffle dedans ou pas. Il faut lui injecter de la chaleur. À cette condition seulement, elle en donne en retour.

Je me fais un compte à rebours. À zéro, j'abaisse le bras de lecture sur le disque. La musique reprend aux dernières notes de Jimmy Falcon. Tandis que les spectateurs acclament le Prince du saxophone alto, Shadow Hill et moi attaquons en choeur *notre* solo.

À travers mes paupières, je perçois le rougeoiement intermittent de l'enseigne. Ma trompette se marie si bien à celle de Shadow Hill qu'on croirait entendre un seul et même chant en stéréophonie.

À moins de l'avoir transcrite sur papier et répétée inlassablement, il est impossible de reproduire *in texto* une improvisation. Voilà pourtant ce que je suis en train de faire. À croire que le cerveau de Hill et le mien sont liés par télépathie. J'anticipe ses ruptures, ses pauses, ses montées vers l'aigu et ses spirales vers le grave, comme si je les avais moi-même imaginées!

Et pour cause: cette impro m'appartient autant qu'à lui.

La musique est une langue immémoriale que seuls les initiés savent décrypter. Sur la grille d'accords conçue par Bud Powell, Shadow Hill et moi élaborons une histoire.

L'histoire d'une ville peuplée d'âmes errantes, en quête d'un bonheur qui s'enfuit trop vite. Notre mélodie parle de dérive, de solitude. Elle parle de désirs inassouvis, d'amours déçues, de chagrins qui perdurent.

Des odeurs de monoxyde de carbone et de bitume, de détritus et d'urine m'emplissent les narines. Une impression de violence latente, prête à éclater à tout moment, m'oppresse. Mon taux d'adrénaline monte en flèche. Mon coeur joint ses pulsations à celles de quelques millions de paumés.

J'ai peur. En transe, je poursuis, dépossédé de moi-même. Je ne suis plus maître de mes lèvres et de mon souffle. Un autre joue à travers moi, joue *de moi* comme d'un instrument.

À force de concentration, j'arrive enfin à démarquer mon chant de celui de Shadow Hill en arrachant à mon cuivre une note stridente, que je tiens pendant deux, quatre, huit... je ne sais plus combien de mesures!

Tandis que ma note s'étire au-dessus de l'accompagnement de la section rythmique, le son de la trompette de Hill s'estompe. Je persiste et bientôt tous les bruits ambiants du Brilliant Corners s'amenuisent. Ne restent plus que les murmures d'une ville insomniaque. Et un vent malsain qui ne souffle rien de bon.

Étourdi, je détache mon instrument de mes lèvres et rouvre les paupières. Je pivote pour obtenir une vue panoramique de l'allée où je me trouve.

Une enseigne lumineuse sur l'avenue adjacente projette des flammes fantomatiques sur des murs tachés de suie. Sous cet éclairage, je distingue un rat éventré au milieu de déchets malodorants. D'autres rongeurs s'enfouissent le museau dans ses entrailles. J'ai d'abord pensé qu'il s'agissait de petits en train de téter, mais non: ils dévorent la dépouille de leur congénère.

Dans le ciel d'encre, les lumières des hautes tours font figure de constellations. Je n'ai jamais mis les pieds ici, mais je devine où je suis. New York, New York: une ville si vaste qu'on a senti le besoin d'en redoubler le nom, comme le dit la chanson.

Comment est-ce possible? Je serre ma trompette contre ma poitrine. Ma sourdine Harmon a remplacé la Silent Brass.

— Allez, Chico, il me manque juste quelques billets, supplie en anglais un homme à la voix hésitante. Fais-moi crédit jusqu'à demain.

Il y a deux hommes au fond de ce cul-de-sac. En plissant les paupières, je les discerne grâce au néon qui les éclaire par à-coups. Le moins grand, un Noir trapu au front dégarni, a des gestes nerveux qu'il semble mal maîtriser. Il porte des habits à ce point froissés qu'il donne l'impression de ne s'être pas changé depuis des jours.

— Je t'ai fait crédit la semaine dernière, Falc, et je n'ai toujours pas vu la couleur de mon argent. J'ai horreur qu'on me prenne pour une poire! Et Boss BG aussi.

L'autre, un grand bronzé à la tenue impeccable, parle un anglais châtié, teinté d'espagnol. Son ton ne dénote aucune agressivité, juste la contrariété d'un commerçant dont les affaires ne vont pas aussi bien que prévu.

— Je sais, Chico, sois patient. Je joue demain après-midi, je vais te régler le tout sans faute. Mais il faut que tu me soutiennes d'ici là. Tu peux me faire confiance…

— Ça, c'est toi qui le dis, mais j'ai eu vent de rumeurs qui ne me plaisent pas du tout. On t'aurait vu en train de chevaucher une autre monture que la mienne*.

---

* En anglais, dans l'argot des drogués, on appelle l'héroïne *horse* («cheval»). D'où le calembour de Chico.

Je décèle la menace implicite. Visiblement, le revendeur tient à la fidélité de sa clientèle.

— Des racontars, je te le jure! J'ai toujours été honnête avec toi.

La voix de l'autre est de moins en moins assurée. Son trémolo trahit le manque, le besoin, la faim qui serre les tripes et assèche la gorge. Cet homme est un *junkie*, je le devine sans peine.

Le vent frisquet m'enveloppe. J'ai juste mon pyjama sur le dos et des chaussettes aux pieds. En frissonnant, je me cogne le coude contre une poubelle en fer-blanc qui se renverse avec grand fracas. Les rats se dispersent en piaillant. D'instinct, le dénommé Chico dégaine un couteau à cran d'arrêt.

— *¡Caramba!* si tu m'as tendu un piège, je te garantis que tu vas le regretter, *moreno*!

— Allons, Chico, c'est juste un gamin, tu le vois bien.

— Gamin ou pas, je vais lui montrer pourquoi il aurait dû rester bien sage dans son lit! réplique Chico en se dégageant.

Je n'ose pas un geste. Le grand Latino avance lentement, un sourire mauvais aux lèvres, en brandissant son couteau. L'éclat du néon sur la lame donne à l'arme l'aspect d'une épée de flamme.

— Chico! C'est juste un enfant…

— Ta gueule, Falc, sinon je t'étripe aussi!

Et là, au milieu de cette ruelle obscure, il y a un moment très bref de vacillement. Ce genre d'instant où des existences basculent d'un coup. À peine une fraction de seconde. Sans crier gare, le drogué ramasse un objet à ses pieds et en frappe son fournisseur dans le dos.

Stupéfait, Chico échappe un juron et se retourne. Il darde le couteau vers le coeur de son adversaire. L'autre esquive la charge, mais la lame l'atteint à l'avant-bras gauche, plongeant à travers veston et chemise dans la chair.

Sans perdre de temps à constater les dégâts, l'homme frappe à nouveau le Latino, en pleine gueule, avec ce qui ressemble à l'étui rigide d'un saxophone. Chico tombe à genoux. L'étui s'élève et s'abat à quelques reprises, jusqu'à ce que, sonné, les lèvres en sang, le vendeur ferme les yeux.

L'autre se redresse, pantelant. Il regarde l'étui de son instrument, incrédule, comme s'il prenait conscience de la portée de son geste. Alors, il se tourne vers moi et m'agrippe par le biceps.

— Viens, le kid! Cet enfant de chienne ne

restera pas assommé toute la nuit.

Je me laisse entraîner vers l'avenue qui bascule entre nuit et jour dans le clignotement des enseignes lumineuses. Sous ce nouvel éclairage, je distingue mieux le visage de mon sauveteur.

James Edward Falcon!

Chapitre 4

Refuge

Les modèles des voitures que nous croisons remontent au déluge; elles sont pourtant flambant neuves. Pareil pour les vêtements des rares piétons sur notre route: leur coupe évoque une époque révolue. Je me croirais à Hollywood, en train de traverser un décor de film d'après-guerre, aux côtés d'un acteur qui ressemble à s'y méprendre à Jimmy Falcon.

— On y est presque, le kid, halète mon guide.

Nous avons cessé de courir, mais mon coeur menace toujours d'éclater. J'ai la gorge sèche et la respiration sifflante. Tout ça bien sûr est ridicule, comparé à la douleur qui pulse dans l'avant-bras de Falc. Il a noué un mouchoir autour de sa blessure et une tache sombre n'a pas tardé à imbiber le tissu blanc. Il s'efforce de cacher sa souffrance, mais ses traits se crispent par moments. Au moins, il a accepté que je porte son sax.

— On devrait aller voir un médecin…

Falcon me décoche un de ces regards.

— Tu en connais beaucoup des médecins new-yorkais qui soignent les Nègres à pareille heure?

Quel idiot je suis! J'ai beau avoir lu des tonnes de livres sur la vie aux États-Unis durant les années cinquante, certains détails essentiels m'échappent.

Nous arrivons dans une rue bordée d'arbres dont les feuilles ont commencé à tomber. Les immeubles qui s'y alignent sont modestes, mais pas misérables. Falcon pousse la porte du vestibule de l'un d'eux et grimpe jusqu'au deuxième. Je bondis à sa suite, émerveillé par la grâce de ses mouvements, étonnante pour un type de son gabarit.

— Personne ne pensera à nous chercher ici ce soir…

Il cogne au 6. Pas de réponse. Il cogne de nouveau, plus fort. De toute évidence, il se fout de réveiller tout le voisinage à cette heure indue.

— Qui est là? s'inquiète une fille ensommeillée.

— C'est moi: Falc. Ouvre.

Après une pause, on entend des pas traînants puis le cliquetis du loquet. La porte s'entrouvre sur une partie de visage hâlé au-dessus d'une chaîne.

— As-tu idée de l'heure, Jim? J'étais déjà au lit…

— Dolorès, ouvre cette foutue porte sinon je la défonce!

Sa voix est dure, sans appel. Enfin, la chaîne glisse puis tombe. Falcon me pousse dans l'appartement et en referme la porte d'un coup de coude. La mulâtresse se masse les paupières du bout des doigts, puis braque sur moi un regard perplexe. Sa robe de nuit diaphane laisse peu de détails de son ana-tomie à l'imagination. Je lui donne dix-huit, dix-neuf ans maximum.

— Tu as pas mal de culot de te pointer ici à cette heure, Falc! Qu'est-ce que tu aurais fait si tu étais tombé sur Boss BG?

— À ma connaissance, ce n'est pas son soir! Penses-tu que j'ai peur de lui?

Elle secoue la tête. Sa beauté me coupe le souffle! Ses iris scintillent telles des émerau-des au milieu de son visage basané. Son nez droit et ses cheveux longs, légèrement bou-clés, témoignent d'une ascendance latino-américaine. Avec son port aristocratique, ses épaules larges, ses seins hauts et ses hanches pleines, elle incarne une alliance équilibrée entre la force et la fragilité.

La chalcur me monte aux pommettes. Je me détourne, pose le sax de Falcon près de l'entrée. L'endroit ne manque pas d'attrait, même si les murs nus au plâtre craquelé et jauni auraient besoin d'une couche de peinture. Baignée dans la lumière safran d'une lampe sans abat-jour, la pièce sert à la fois de salon, de salle à manger et de cuisine.

Falcon jette son veston sur le divan et va vers la console. Il empoigne une bouteille de bourbon au garde-à-vous à côté du tourne-disque. En un tournemain, il dévisse le bouchon, porte le goulot à ses lèvres et engloutit une généreuse rasade. Puis, il défait son pansement de fortune et asperge son avant-bras d'alcool. Avec le mouchoir ensanglanté, il éponge sa plaie en grimaçant.

— Tu es blessé? s'inquiète Dolorès en se précipitant sur lui, oubliant ma présence. Qu'est-ce qui est arrivé?

— Une égratignure, pas de quoi grimper dans les rideaux.

Soudain, il se recroqueville en se pressant les coudes contre sa panse.

— Je veux voir. Ç'a l'air grave…

— Fiche-moi la paix, Dolorès, grincet-il, les dents serrées. Ça n'a rien à voir avec cette coupure…

Sa phrase se termine dans un grognement bestial. Il se laisse tomber sur le divan, les bras croisés sur le ventre. Il souffre le martyre et les spasmes qui le secouent n'ont en effet aucun lien avec la blessure à son avant-bras.

— Tu sais bien de quoi j'ai besoin, souffle-t-il, entre ses lèvres gercées. Tu en as sûrement…

— Non, il ne m'en reste plus, Jim, je te le jure…

— Menteuse! hurle-t-il d'une voix aiguë, méconnaissable. Tu en gardes toujours en réserve quelque part! S'il le faut, je mettrai ton appartement sens dessus dessous pour la trouver…

Falcon l'a saisie par les épaules et ses doigts s'enfoncent dans la chair comme des serres de rapace. Faucon, rapace; l'image m'aurait fait sourire dans d'autres circonstances. Fou furieux, le musicien secoue Dolorès avec une violence qui donne froid dans le dos.

— Garce, ce n'est pas le moment de jouer! J'en ai besoin!

Il la gifle si fort qu'elle tombe par terre. Je

ferme les yeux momentanément, dégoûté. La fille relève la tête vers Falcon qui la domine. À travers le voile de sa chevelure, je devine sa joue rougie, sa lèvre enflée et ses paupières inondées de larmes. Les traits tordus par le manque, Falcon la relève.

— J'en ai besoin, Dolorès! rugit-il avec moins de ferveur.

À travers son grognement perce une infinie détresse.

— Ça va, j'en ai un petit peu, murmure-t-elle, en baissant la tête.

Il la lâche. Elle marche vers une étagère où s'entassent une vingtaine de microsillons entre deux appuie-livres en faux marbre. Elle prend un album de Doris Day, et fourre sa main dans la pochette. Elle en tire une petite enveloppe de papier brun.

La respiration de Falcon s'apaise un brin. Il arrache l'enveloppe à Dolorès et s'assied sur le divan. Du sachet tombe un bout de papier d'aluminium qu'il déplie sur la table. La fille lui tend un coffre en acajou sculpté, de fabrication haïtienne. Il en sort une cuiller au manche recourbé, un briquet, une bande élastique et une seringue.

Moi qui n'ai jamais souffert d'asthme, je suffoque. Je me pince pour m'arracher à cette scène que j'espère n'être qu'un songe. Rien à faire. Je ne rêve pas. Je suis bel et bien à New York, vingt ans avant ma naissance, dans le logis d'une des maîtresses de mon idole, James Edward Falcon.

Paré pour son excursion au nirvana, Falcon retrouve un semblant de calme. Dolorès et moi l'observons en silence.

Le geste précis, mesuré, il mélange dans la cuiller la poudre neigeuse et quelques gouttes d'eau, puis chauffe la solution à l'aide du briquet. Une fois l'héroïne dissoute, il en charge la seringue. Il a remonté sa manche droite. Entre ses dents, il serre un bout du garrot autour de son biceps et tire l'autre bout de la main gauche, pour faire saillir ses veines.

La vue de l'aiguille qui s'enfonce dans sa chair marron me soulève le coeur. J'ai envie de lui prendre la seringue, de la balancer par la fenêtre. Évidemment, je ne remue pas d'un poil, paralysé par la lâcheté.

Le sourire aux lèvres, Falcon soupire de soulagement et se cale dans les coussins du divan. Dolorès s'assied à ses côtés. Sans rouvrir les paupières, il change de position, s'allonge de manière à poser la tête sur les cuisses de sa maîtresse. Elle lui caresse le front.

— Qui c'est, ce gamin qui te suit comme une ombre?

Son ton hautain m'agace. Comment ose-t-elle me traiter de gamin? Elle et moi avons à peu près le même âge!

— Je ne sais pas trop, répond Falcon, en état de grâce. Je l'ai rencontré par hasard, lors de mon rendez-vous avec Chico. C'est en voulant le protéger de ce salopard que j'ai été blessé. Alors, le kid, qui es-tu? Que foutais-tu dans cette ruelle à cette heure-là?

— Je me promenais. Je me suis perdu…

— En plein centre-ville de New York, après minuit et en pyjama? fait Dolorès avant d'expirer de dépit par les narines.

C'est vrai! J'oubliais l'incongruité de ma tenue. Je m'accroche à ma trompette comme à une bouée.

— C'est à toi, ce biniou, le kid? Tu es musicien?

— Si on veut, dis-je, en m'excusant presque. Avec un regain d'assurance j'ajoute: En fait, c'est vous que je cherchais, Falc, euh, monsieur Falcon. J'ai tous les disques auxquels vous avez participé et…

Je m'interromps. Ce type de compliments ennuient plus qu'ils ne flattent les artistes de sa trempe. Dolorès secoue la tête.

— Joue-moi quelque chose, le kid…

— Pardon?

— Tu es dur d'oreille ou quoi? Joue, idiot!

Rêve ou pas, je sens monter en moi une bouffée d'enthousiasme. Jimmy Falcon me demande de jouer pour lui! J'en ai des palpitations.

— Euh, je joue quoi?

— Peu importe, je veux juste savoir ce que tu as dans le ventre. Tu connais tous mes disques? Voyons voir ce qu'ils t'ont appris.

— Qu'il joue quelque chose de doux, Jim, réclame Dolorès. Les voisins…

— Tu as entendu la dame, le kid? Joue une ballade, une berceuse, de quoi charmer la lune…

Je porte l'embouchure à mes lèvres, je l'humecte, j'y soude ma bouche. De quoi charmer la lune? J'opte pour *Moonlight Becomes You*, un standard qu'interprétait superbement Chet Baker, le play-boy à la trompette feutrée. À peine ai-je entonné le morceau que Falcon le sifflote à l'unisson. Après l'énoncé du thème, il commente:

— Beau phrasé, beau son; un soupçon de Miles, un zeste de Clifford Brown, mais de la personnalité tout de même. Continue…

Tu n'as rien entendu, mon Falc. Je t'en mettrai plein les tympans! J'enchaîne avec une paraphrase de la mélodie initiale, puis j'en décortique les accords sans rien sacrifier en lyrisme. Il est tard, et j'ai la ferme intention d'appâter Dame Lune hors de son nid de nuages.

Il paraît que la musique peut esquisser les contours de l'âme. Je m'investis tout entier dans mon chant, comme si mon salut en dépendait. Au bout de quelques mesures, je reviens au thème. Je le laisse se refermer comme une fleur la nuit. J'abaisse mon cuivre et relève les yeux, surpris par un ronflement.

La tête renversée sur le giron de sa maîtresse, la bouche béante, Jimmy Falcon s'est endormi tel un nourrisson gavé. Dolorès continue de le câliner en me dévisageant, les joues trempées de larmes.

Chapitre 5

Automne à New York

Je pensais que je ne m'endormirais jamais, que l'insomnie m'avait suivi dans mon excursion spatio-temporelle. J'ai fini par m'assoupir sur le divan, après avoir aidé Dolorès à porter Falcon jusqu'à son lit.

Par pudeur, j'avais reculé sur le seuil de la porte. En prenant les draps qu'elle me tendait, mes doigts ont effleuré les siens et nos regards se sont croisés. La gêne était réciproque. Je devinais qu'elle voulait me parler, me remercier peut-être. Elle s'est contentée de me souhaiter bonne nuit et a refermé sa porte.

Longtemps, j'ai tourné entre les draps, cherchant une position propice au sommeil. Je m'inquiétais de l'endroit où je m'éveillerais: à New York, début des années soixante, ou à Montréal, dans ma salle de musique? En ressassant cette interrogation, j'ai fini par sombrer.

***

Au matin, des halètements et des râles étouffés me tirent du brouillard où je patauge. Pendant un bref instant, j'ai l'impression d'être l'auditeur involontaire d'une étreinte de mes parents. En entrouvrant les paupières, je constate qu'il s'agit plutôt de Falcon et de Dolorès en train de faire l'amour dans la chambre. Dans la mesure où l'expression «faire l'amour» puisse s'appliquer à eux…

Leurs ébats m'incommodent. Plus que jamais, je me sens de trop dans ce mélodrame. J'enfouis mon visage au creux de l'oreiller et le replie autour de ma tête, dans l'espoir de ne rien entendre. Je me sens de trop, comme l'autre soir en présence d'Aïsha et de MC NRJ.

Ai-je rêvé durant mon sommeil? Mystère. Si ce film fantastique au milieu duquel j'ai atterri n'est qu'un songe, m'est-il possible d'y rêver? Un rêve peut-il en renfermer un autre et un autre et ainsi de suite, à la manière d'une poupée gigogne? J'imagine deux miroirs l'un en face de l'autre, avec des reflets qui s'y multiplient à l'infini. J'en ai des étourdissements.

Tiens, je ne les entends plus. Soudain, un coup contre le flanc du divan me fait tressauter. Je rejette l'oreiller et me redresse, comme piqué à vif.

En camisole, caleçon et chaussettes, le Prince du sax alto me considère d'un oeil narquois. Malgré l'état lamentable de ses sous-vêtements, une aura olympienne le nimbe. Je le contemple. Les rides étonnamment profondes pour un homme d'à peine trente ans témoignent d'une vie d'excès.

— Debout, le kid! m'ordonne-t-il. Finie la grasse matinée!

J'obéis. Les lattes de bois verni sous mes pieds sont glacées. Par réflexe, je cherche ma trompette, comme si sa vue pouvait calmer l'angoisse. Selon la lumière du jour, j'estime qu'il est à peu près onze heures. Dolorès a mis un disque de Doris Day. Je grimace.

— Comment peut-on endurer ce sirop sans avoir de haut-le-coeur?

— Moi, j'aime Doris Day, intervient Dolorès, atteinte dans son orgueil. Je la trouve romantique. Et puis, je suis chez moi.

Falcon m'observe avec un brin d'amusement.

— J'ai déjà été un petit snob dans ton genre. Toujours prêt à lever le nez sur les goûts des autres. Mais j'ai appris au fil des années qu'il n'existe pas de hiérarchie en musique. Il y a du bon et du mauvais dans tous les genres.

Voilà qui m'en bouche un coin! Triomphante, Dolorès me regarde de haut. La gêne me chauffe les joues.

— Tu as faim? me demande alors Falcon, pour changer de sujet.

En m'étirant, j'acquiesce d'un signe de tête.

— Moi aussi! Voyons voir ce qu'on peut bien se concocter...

En croisant Dolorès, il lui donne une bonne tape sur les fesses, qu'elle accueille mi-amusée, mi-indignée. Dans le frigo, il prend des oeufs, du lait, du beurre, un coeur de céleri ramolli, des champignons rabougris, un bout de poivron et une tomate: les ingrédients d'une omelette aux légumes et aux fines herbes. Dolorès a dressé les couverts; elle nous sert café et rôties.

Dès la première bouchée, un bouquet de saveurs digne des grands cordons-bleus fleurit sur ma langue. Falcon s'est initié à la cuisine lors d'un séjour à Paris en 1955. À l'époque, les jazzmen noirs étaient si bien accueillis en France que plusieurs choisissaient d'y élire domicile.

Falcon lui-même avait failli se laisser tenter, mais il s'était ravisé. New York était la Mecque du jazz et un musicien qui voulait faire sa marque envisageait difficilement de vivre ailleurs.

Falcon multiplie les badineries et échange des clins d'oeil avec Dolorès. Difficile à croire qu'il a fait irruption ici en pleine nuit, qu'il l'a tabassée pour quelques milligrammes d'héroïne! Ce matin, on dirait un couple de tourtereaux en lune de miel. Leur relation me fascine et me rebute à la fois.

Je ne me souviens pas qu'on ait fait mention de Dolorès dans les profils biographiques sur Jimmy Falcon. Il avait la réputation d'être plutôt volage et d'entretenir des liaisons simultanées avec une multitude de femmes inconnues.

Quel paradoxe! Parler à l'imparfait d'un type avec qui je suis en train de déjeuner! Sur le tourne-disque, Doris Day entonne *Que será será*. La chansonnette a de quoi faire sourire: «il ne nous est pas permis de voir le futur», prétend le refrain. Foutaise! Je sais ce que réserve le destin à James Edward Falcon. À cette idée, ma gorge se noue.

— J'y pense, le kid, je ne sais toujours

pas ton nom…

Une voix, qui n'est pas tout à fait mienne, déclare que je m'appelle Hill, Marlon Hill. Du coup, l'évidence me frappe de plein fouet: *hill* est une traduction possible de mon nom.

— Sans blague, qu'est-ce que tu foutais, en pyjama, dans la ruelle? Tu t'es enfui de chez toi? Et puis, c'est où chez toi, au juste? Tu as un drôle d'accent…

— Je viens de Montréal. Et cesse de m'appeler le kid: je ne suis pas un gamin!

— Okay, pas besoin de hausser le ton! Alors, qu'est-ce qui t'amène à New York, le kid?

Excellente question. Il me faut inventer du tac au tac, improviser. Mais n'est-ce pas là le B.A.-BA du jazz?

— Je suis venu à New York pour être au coeur de l'action! Les meilleurs vivent ici et je veux me mesurer à eux!

En un sens, ma répartie n'est pas fausse. Et tant qu'à me retrouver au-delà du réel, autant jouer le jeu à fond!

En croquant dans une rôtie, Falcon me scrute, moqueur.

— Ton histoire ne tient pas debout, mais chose certaine tu as du caractère. Et pas mal d'ambition. Ça me plaît. Tu iras loin, si tu ne te laisses pas aveugler par ta naïveté.

Je lui rends son sourire, même si son paternalisme m'embête. Je prends une gorgée de café et je me tourne vers Dolorès. Je n'arrive pas à déchiffrer l'expression de son visage. Pourquoi a-t-elle l'air si méfiante?

Falcon avale sa dernière bouchée, repousse son assiette et se lève. Il s'essuie la bouche et jette un coup d'oeil sur l'horloge murale.

— Presque midi. Je dois rejoindre mon groupe tantôt. On a un engagement dans le New Jersey. Si ça te tente, je te présente à eux!

En m'examinant de la tête aux pieds, il ajoute, goguenard:

— Évidemment, tu ne peux pas circuler comme ça dans New York! Je vais te prêter du linge. Tu y flotteras peut-être, mais ça vaudra mieux que ton pyjama!

Il prie sa maîtresse de repasser deux chemises et deux complets. Du même souffle, il lui demande de l'argent. Docilement, elle prend son sac et y pige une poignée de dollars.

— C'est tout ce qu'il me reste, Jim, gémit Dolorès.

— Ça devrait me suffire pour aujourd'hui, répond-il en lui arrachant les billets. Maintenant, active-toi poupée! Je n'ai pas tout l'après-midi.

Sans rouspéter, elle obéit. Moi qui trouvais excessives les largesses de ma mère envers mon père; je n'avais rien vu!

Quelques minutes plus tard, douchés et coiffés, nous enfilons chacun des habits tout chauds du repassage maison. En face du miroir, j'ajuste le veston trop ample pour moi. Je remercie Dolorès. La mulâtresse hausse les épaules, mais ne répond pas.

Elle vient tout de même saluer son homme. Son étui à sax dans la main gauche, il la serre contre lui et l'embrasse. Baladeuse, sa main droite descend vers la croupe de la fille et lui pétrit une fesse. Je suis gêné. Dolorès aussi, apparemment, puisqu'elle rouvre un oeil pour me regarder les regarder.

— Dois-je t'attendre cette nuit?

— Bof, je ne sais pas trop. Les *cats** et moi, on va sûrement passer faire un tour à la *jam-session* du Brilliant Corners, histoire de protéger ma réputation…

— Mais tu comptes rentrer ou pas? insiste Dolorès.

---

* Dans le jargon des jazzmen, le terme *cat* («chat») désigne un musicien.

— Fous-moi la paix, veux-tu! Je rentrerai si j'en ai envie… Viens, le kid, on va être en retard!

Sans un mot de plus, il va vers l'escalier. Sa désinvolture a quelque chose de choquant. La fille serre les lèvres, mais ne réplique pas. J'hésite puis, trompette en main, je lui emboîte le pas.

***

Je ne connais New York que par la télé et le cinéma. Les autos, la tenue des passants, les gigantesques panneaux publicitaires — tout ça porte le sceau de la réalité —, mais d'une réalité antérieure à la mienne. Je remarque qu'il n'y a pas de Noirs sur les réclames. Normal: à cette époque, les publicitaires ne courtisaient pas encore les clientèles «ethniques». Au loin, j'aperçois l'Empire State Building.

Rien de plus difficile que de traverser la rue à New York, même un dimanche matin. Dans un sens comme dans l'autre, des longues files de taxis d'un jaune criard roulent sans égard aux piétons. Au péril de nos vies, nous réussissons à atteindre l'entrée de métro toute proche.

Le *subway* new-yorkais n'a pas grand-chose en commun avec son futur cousin de Montréal, dont même les plus vieilles stations sont plus propres, mieux entretenues. *Beware for Armageddon is coming!* proclame un graffiti. À cette époque, les Américains craignaient l'Apocalypse nucléaire. En regardant Falcon se hâter vers le quai A, je songe à de petites fins du monde privées…

Le train ne tarde pas. À bord d'une voiture quasi vide, nous parlons peu. La seule autre passagère, une jeune Blanche, semble intimidée par notre présence. Elle tente de n'en rien laisser paraître et se concentre davantage sur sa lecture: *Stories from the Twilight Zone*, un recueil de nouvelles de Rod Serling. Je tourne le regard en souriant.

Le roulis du métro me berce. Je fredonne tout bas la célèbre pièce de Duke Ellington, *Take the 'A' Train*. Les stations se succèdent et se ressemblent. Au bout d'un moment, Falcon me remorque hors du wagon.

De retour à la surface, la lumière du jour m'éblouit. Des feuilles mortes roulent dans le caniveau. Sur le trottoir, un marchand de hot-dogs pousse son chariot. Au fond d'une impasse, des gamins s'échangent un ballon de basket.

D'une fenêtre à l'étage, une femme bien en chair interpelle son mari sur le trottoir. Le teint de tout ce beau monde varie du café au lait à l'espresso. Me voici à Harlem, faubourg modeste où vit la majorité des Noirs de New York.

Au coin de Lennox Avenue, trois hommes attendent, adossés à une antique fourgonnette Dodge. Falcon leur envoie la main en traversant, sans prendre la peine de s'assurer que la voie est libre. Comme de fait, une voiture filant à toute allure a juste le temps de freiner dans un crissement de pneus.

— Regarde où tu vas, débile! crie le conducteur, outré.

Pour seule réponse, Falcon lui envoie un magistral bras d'honneur et poursuit son chemin. L'auto repart en trombe.

Le saxo et ses comparses procèdent à une salutation rituelle complexe. Intimidé, je reste à l'écart. Ils parlent le jargon des jazzmen. Heureusement, j'ai beaucoup lu sur l'époque, je les comprends à soixante-dix pour cent. Je reconnais le costaud à la barbichette, le contrebassiste Rick *Steady Fingers* Martell, fidèle compagnon de Falcon, mais pas les autres.

— C'est qui ce gamin? s'enquiert l'un

d'eux, un mulâtre corpulent.

— Surveille ta langue, Chuck. Ce gars, c'est Shadow Hill, l'un des trompettistes les plus *hot* de Montréal. Et fais gaffe, ce n'est pas un gamin!

Sur ces propos sentencieux, Falcon me fait un clin d'oeil. Dois-je prendre cet éloge au sérieux? J'avais la conviction qu'il s'était endormi sans m'avoir vraiment écouté. Sincère ou pas, son compliment en impose. Son batteur Charles Chuck Gordon III me toise de ses yeux écarquillés.

— Où est Lips? s'inquiète Falcon.

— Quoi, tu n'es pas au courant? de s'étonner le seul Blanc du groupe, un grassouillet aux allures de beatnik, boucles brunes et lunettes rondes.

À son accent étrange, je l'identifie comme Tony *The Tiger* Marcinovic, le pianiste d'origine yougoslave qui deviendra une star du jazz-rock dans une douzaine d'années.

— Au courant de quoi?

— La descente l'autre nuit. Les flics ont coffré tout le monde pour possession et usage d'héro. Selon toute probabilité, Lips va passer les prochaines années en taule…

Pas du tout. D'après mes lectures, grâce à l'intervention d'un cousin avocat, la peine du trombone Spencer *Hot Lips* Kinley sera commuée en six mois de désintoxication obligatoire. Hélas, je ne peux leur dévoiler ce renseignement.

— Merde! Pourquoi personne ne m'a rien dit?

— On a voulu te prévenir, Falc, mais tu n'étais pas chez toi, enchaîne Chuck Gordon. D'ailleurs, on n'était pas seuls à essayer de te joindre: Chico te cherche et il n'a pas l'air de bonne humeur.

Falcon grimace, mais ne prend pas la peine de commenter. L'arrestation de son trombone le préoccupe davantage que son conflit avec son revendeur.

— Ouais… Sa Majesté a insisté pour que je me ramène chez elle avec un quintette, réfléchit-il à voix haute.

— Tu dis que ce gars-là est *hot*, reprend Fingers en me désignant du doigt. Il pourrait remplacer Lips, non?

Interloqué, j'avale de travers. Falcon sursaute: il n'avait pas envisagé cette éventualité. Voici le moment de vérifier la sincérité de son appréciation de mon talent. Je trépigne d'anxiété. Il me considère avec un sourire.

— Penses-tu être à la hauteur, le kid?

Son intonation trahit un soupçon de sarcasme. Les regards de ses comparses me pèsent. Le gant est jeté.

— Bien sûr, monsieur… euh, Falc. Et comment!

Je m'empresse de mettre une sourdine à mon enthousiasme, tout de même. Je ne veux surtout pas passer pour un groupie. Falcon me donne une tape sur l'épaule.

— Dans ce cas, allons-y les gars. Sa Majesté nous attend…

Chapitre 6

Wah Hoo!

De toute ma vie, je ne me rappelle pas avoir vécu pareille exaltation. Là, sur le kiosque au milieu de l'immense jardin du manoir O'Sullivan, je côtoie Jimmy Falcon. Et sa musique me submerge à la manière d'un raz-de-marée d'extase pure! Au contraire de la veille, je n'ose pas me pincer. Si cette aventure n'est vraiment qu'un rêve, je ne perds rien à la prolonger.

Les yeux fermés, les joues gonflées comme la grenouille de la fable, Falcon improvise une mélodie. S'y marient des variations sur le thème original de *Once in a While*, des clins d'oeil à d'autres airs à la mode et des phrases de pur blues dont lui seul possède le secret.

Les invités de la réception ne se soucient guère du miracle qui s'accomplit ici. Nous ne sommes que la bande-son de leurs conversations. D'ailleurs, les consignes de Sa

Majesté, ainsi que Falcon surnomme notre employeure, étaient on ne peut plus claires:

— Jouez avec réserve, messieurs: pas de notes aiguës et pas d'interminables solos de batterie. Qu'on vous entende, mais pas trop.

Veuve d'un homme d'affaires qui a fait fortune dans l'import-export, Sa Majesté Erica O'Sullivan fréquente tout ce que la métropole compte de requins de la finance, de lobbyistes et de politiciens. Aujourd'hui, elle reçoit des amis pour célébrer les fiançailles de son aîné, Terell, avec une richissime héritière de l'aristocratie de Wall Street.

La châtelaine doit trouver chic d'avoir dans son jardin un orchestre de jazz, même si au fond elle se fiche éperdument de cette «musique de nègres». Que ce groupe soit dirigé par l'un des saxos les plus brillants du moment l'indiffère. Elle veut une trame sonore pour le tintement des flûtes à champagne, les rires forcés et le baratin de ses invités, point.

Bouche bée, j'observe et écoute Falcon. Qu'il arrive à se concentrer au milieu de cette foule inattentive me sidère. Son solo est une merveille d'équilibre entre fantaisie et rigueur. J'en oublie sa toxicomanie, sa brutalité et toutes les anecdotes sordides qui émaillent sa biographie. Ce type est un génie, un vrai de vrai, et rien d'autre n'a d'importance!

Au moment où je m'y attends le moins, Falcon m'invite à enchaîner. J'embouche mon biniou. Mes doigts tremblent sur les pistons. Ce n'est pas le temps d'avoir l'air d'un amateur, pas après avoir été décrit comme un as: Shadow Hill! «Je t'ai rebaptisé *Shadow*, parce qu'on s'est rencontrés dans une ruelle ténébreuse», m'a soufflé à l'oreille Falc dans la fourgonnette.

Je ne connais pas bien la chanson. Ce que je joue n'a ni queue ni tête. Ce tempo lent est l'un des plus durs à affronter pour un soliste. Malgré cette langueur, les mesures se succèdent si vite que je n'ai pas le temps de structurer mon impro. Au terme de quatre chorus, honteux, je cède la parole au pianiste.

Sans coup férir, Tony *The Tiger* récapitule mes meilleures idées, puis il y ajoute ses réminiscences du stupéfiant solo de Falcon et ses trouvailles personnelles. Prodige! Le pianiste réussit à créer des liens entre nos trois interventions, à nouer les fils, afin d'assurer à l'ensemble une certaine cohérence.

Ma honte se change en émerveillement. Ces types sont incroyables! Le morceau s'achève avec la reprise du thème par Falcon. À la coda, je m'efforce de mettre en valeur ses arpèges avec un contre-chant de mon cru.

L'écho de la dernière note de piano se fond aux bruits de la campagne. Les convives applaudissent poliment. Encore heureux que nous prenions une pause pour décider de la prochaine pièce, sinon ils n'auraient pas constaté que nous avons terminé.

Falcon présente le quintette. J'évite son regard, embarrassé par ma prestation. En signe d'appréciation, *Steady Fingers* me donne une tape dans le dos. J'aimerais le croire sincère, mais j'ai l'impression d'avoir fait beaucoup de bruit… sans rien dire!

Je guette les réactions de Falc. Impossible de savoir ce qu'il pense. Lorsque, entre deux morceaux, j'ose lui demander si mon jeu convient, il me répond en grinçant:

— Bordel, le kid, tu es musicien ou non? À toi de trouver ta place dans la musique!

Au terme du premier *set*, nous avons droit à un répit. Sa Majesté nous présente ses félicitations guindées. Ses domestiques nous offrent casse-croûte et rafraîchissements. Un sandwich et une bouteille de Coke en main, je m'éclipse discrètement vers un coin moins fréquenté du jardin.

Le jour s'éteint sur la campagne. Les couleurs flamboyantes des feuilles ternissent dans la lumière déclinante. Assis au pied d'un chêne, je rumine.

Soudain, une voix féminine m'arrache à mes sombres pensées.

— Bonjour…

Je lève la tête. Debout devant moi, une rouquine au visage joufflu éclipse le couchant. Avec sa chevelure de feu et sa robe verte, elle a l'air d'une fée d'automne.

— Je m'appelle Nellie, Nellie O'Sullivan. Et vous? Shadow n'est quand même pas votre véritable nom…

Elle se laisse tomber à mes côtés, se colle presque à moi. Je lui dis mon prénom qui, selon elle, me va comme un gant. Nellie prétend que c'est elle qui a convaincu sa mère d'engager Falcon pour la réception. Elle adore le jazz en général et plus particulièrement les trompettistes.

Je devine qu'elle en rajoute pour me séduire. Après un éloge du beau Chet Baker, qu'elle semble prendre pour la réincarnation du Christ, elle me complimente sur mon jeu.

— Vous jouez rudement bien, presque comme Chet.

Un vrai moulin à paroles! On dirait une caricature: la fille-à-maman blasée qui tient mordicus à avoir l'air «dans le coup». Elle se rapproche, envahit ma bulle.

— Vos lèvres sont si belles. On aurait envie de les croquer.

Sans crier gare, elle plaque ses lèvres contre les miennes. Décontenancé, je ne peux empêcher sa langue de prendre d'assaut ma bouche. Son haleine est fraîche, parfumée au thé des bois.

— Vous pourriez m'expliquer ce que vous faites, garçon? Et où diable vous croyez-vous?

Confus, je me détache de Nellie et me relève. Debout en face de nous, un grand gaillard en queue-de-pie me fustige d'un regard assassin. Si je ne m'abuse, il s'agit de l'heureux fiancé, Terell O'Sullivan.

— On n'a rien fait de mal, Terry, plaide Nellie.

Attirés par les cris, les convives s'attroupent autour de nous, tels des vautours. Nellie a beau protester, son frère ne veut rien entendre. Un verdict de culpabilité a déjà été prononcé; il ne manque que ma sentence. Arrivée sur le lieu du crime, Mme O'Sullivan renvoie Nellie dans sa chambre. Tandis que l'adolescente traverse le jardin en pleurant de rage, la maîtresse de céans exige des explications. Je bredouille. Mon cas s'aggrave.

— Écoutez, mon collègue a eu un comportement déplacé, je l'avoue, s'interpose Falcon, arrivé sur ces entrefaites, et d'un ton inhabituel. Il en est aussi désolé que moi. Ça ne se reproduira plus, je vous le jure. Nous terminons notre prestation, ramassons nos instruments et repartons sans histoire…

À force de *mea-culpa*, on en arrive à une trêve. D'un geste impérieux, Sa Majesté disperse les badauds. Falcon et moi rejoignons les autres musiciens. Il ne dit mot, mais je le sens bouillonner intérieurement.

Durant le *set* suivant, la tension sur le kiosque est palpable. Cette électricité me fouette les sens, m'oblige à me surpasser. Sur *I Don't Want to Be Kissed*, j'ai, en toute modestie, la certitude de rivaliser en lyrisme avec Miles Davis. D'ailleurs, à en juger par les compliments du trio rythmique, je n'ai pas à rougir de ma performance.

En ce qui concerne Falcon, c'est une autre paire de manches. Impénétrable et hautain, il m'ignore. Ce n'est qu'une fois entassés à bord de la Dodge qu'il m'adresse la parole.

— Qu'est-ce qui t'a pris d'aller conter

fleurette à cette gosse? explose-t-il. Tu es con ou quoi? Tu as des démangeaisons là où je pense? Tu voulais nous faire virer? Je ne sais pas comment vivent les Noirs à Montréal, mais ici, les Blanches, c'est «pas touche»!

Je n'ose pas répondre. Rick Martell, au volant, intercède en ma faveur. Falcon lui cloue le bec. Avant d'espérer me joindre à son quintette, affirme-t-il, il faut d'abord que je sache où est ma place dans la société.

Pour mon édification, Falcon évoque l'histoire d'Emmett Till. Ce Noir de Chicago, un garçon de quatorze ans, s'était fait lyncher dans le Mississippi pour avoir adressé la parole à une Blanche. Ses bourreaux avaient été inculpés pour homicide, mais un jury où ne siégeaient que des Blancs les avait acquittés.

Je hoche la tête, les yeux pleins d'eau. Falcon achève son chapelet de réprimandes sur cet avertissement:

— Ne t'avise plus de me foutre dans un tel guêpier! Sinon, je me chargerai personnellement de te passer la corde au cou! Tu piges?

J'acquiesce sans un mot. Je n'ose pas soutenir son regard. Je me sens comme à cinq ans, le jour où ma mère m'avait surpris en train de vider ses flacons de parfum sur la tête de la petite voisine.

Nous roulons dans un silence lourd. Avec ses phares, la fourgonnette se taille un chemin dans la nuit. Au loin, les gratte-ciel illuminés ressemblent à une forêt d'arbres de Noël.

— Des plans pour la soirée, Falc? finit par demander Chuck Gordon, après un toussotement emprunté.

— Une petite course dans Harlem et puis on va au Brilliant Corners... C'est soir de *jam-session* et j'ai envie de montrer à tout le milieu de quel bois se chauffe la recrue du Jimmy Falcon Quintet…

Je tressaille. Aurais-je mal entendu?

— Ne fais pas cette gueule d'ahuri, le kid! Tu as bien compris: je t'engage!

En guise de réponse, je cite le titre d'un vieux classique du be-bop:

— Wah Hoo!

Chapitre 7

Un blues peut en cacher un autre

Un vent glacé s'engouffre par la portière latérale au moment où Falcon sort de la fourgonnette, mais j'ai une tout autre raison de frissonner. «Une petite course», disait-il. Pas besoin d'être Sherlock Holmes pour en déduire la nature...

Les rues de Harlem sont désertes. Martell s'est garé devant l'impasse entre un garage désaffecté et un *coffee shop*. Falcon, Marcinovic et Gordon y ont disparu depuis peu. Le moteur tourne. Le bassiste croise les bras sur son volant et y appuie le menton.

— Comment se fait-il que vous ne les suiviez pas, Fingers?

Martell lève les yeux vers le rétroviseur.

— Écoute, Hill, j'en ai assez pris dans ma vie pour savoir que l'héro ne fait pas le bonheur. Au mieux, elle peut juste amoindrir ta perception du malheur!

Je ne m'attendais pas à une telle sagesse.

À l'aller comme au retour du New Jersey, les discussions de Falcon et compagnie m'avaient d'ailleurs vivement surpris. Moi qui croyais que ces types ne s'intéressaient qu'au jazz! Ils ont bavardé des Séries mondiales de baseball, d'une exposition au tout nouveau musée Guggenheim et de la campagne électorale de Kennedy. Décidément, mes préjugés en prennent pour leur rhume!

— Pourquoi ne pas faire comprendre ça à Falcon? Vous êtes amis depuis si longtemps: il vous écouterait sûrement...

Martell me toise d'un air à mi-chemin entre l'amusement et le dédain.

— Tu es vraiment la naïveté incarnée! Ça pourrait te jouer des tours. Sûr que Falc m'écouterait; même qu'il me donnerait raison... juste avant de se préparer une autre dose! Crois-moi, quand tu as ce genre de problème, les sermons ne peuvent rien y changer...

— Donc vous préférez assister sans rien dire à son autodestruction lente, mais sûre!

— D'où tu débarques, le bouffon? s'énerve Martell. Je connais Falc depuis la petite école. On est comme des frères. Alors ce n'est pas un petit blanc-bec qui viendra me chapitrer sur la manière de le «sauver» de lui-même.

Martell a haussé le ton. Il souffle par les narines pour se calmer. De toute évidence, j'ai touché un point sensible.

— Jimmy est capable de prendre soin de lui tout seul, reprend-il, doucement. Il voit ce qui se passe. Depuis la mort de Charlie Parker, personne ne consomme de gaieté de coeur. Miles a décroché, Coltrane et un tas d'autres aussi. Falc y arrivera, je lui fais confiance…

Si seulement je pouvais partager cet optimisme… Le hic, c'est que je connais le fin mot de l'histoire. Je sais comment James Edward Falcon et Rick Martell ont été initiés à l'héroïne, dans une piquerie de Philadelphie. Je sais les raisons qui les ont poussés, comme tant de jazzmen noirs, à chercher dans la drogue un remède au mal de vivre.

Je m'interroge sur la possibilité d'infléchir le Destin. Comment empêcher Jimmy Falcon de finir si bêtement sa vie?

La question reste sans réponse. Nos trois chevaliers de la Table ronde nouveau genre reviennent de leur quête du Saint-Graal. À voir leurs sourires béats, il est clair que l'expédition a porté fruit.

— Pourquoi ce silence de salon funéraire? demande Falcon en s'asseyant à côté du conducteur. Il y a eu mort d'homme?

— Ce n'est rien, Falc, maugrée Martell.

— Rien du tout, dis-je sans conviction.

— Ce n'est pas l'heure de bouder, messieurs! s'écrie le saxo en faisant claquer sa portière. Allez, mon Ricky, direction Brilliant Corners! Ce soir, nous prendrons Manhattan!

***

Ainsi baptisé en l'honneur d'une composition de Monk, le Brilliant Corners compte parmi la dizaine de temples sacrés du jazz de Greenwich Village, quartier de la bohème par excellence. Pour accéder au club, on descend une volée de marches recouvertes de tapis jusqu'à l'entrée où se dressent les pittoresques videurs: Brother Ray et le Taz.

Précédés de Falcon, nous abordons les deux cerbères. Près de la porte, on peut voir une grande affiche du Jimmy Falcon Quintet. Broché au bas du poster, un mémo précise que le groupe participera à *L'heure jazz du lundi* de WJAZ-AM demain soir, en direct du Brilliant Corners.

— Le saxo a une belle gueule, mais qui sont ces babouins avec lui? plaisante-t-il en pointant du doigt la photo du quintette.

— Maître Falcon, comment allez-vous? s'enquiert Brother Ray, cérémonieux.

— À merveille, mon frère!

Brother Ray, un mastodonte noir de plus de deux mètres et cent cinquante kilos, parle un anglais châtié et pratique un humour pince-sans-rire. Chauve, avec un cercle de poils autour de la bouche et d'impénétrables lunettes noires, Brother Ray est le genre de type qu'on appelle spontanément «monsieur».

— Minute, boss, fait le Taz en m'agrippant l'épaule. Tes papiers?

Merde! Même si j'avais la moindre pièce d'identité sur moi, elle indiquerait une date de naissance située… dans le futur!

— Allons, le Taz, penses-tu sincèrement que je traînerais un mineur avec moi? s'immisce Falcon.

— Laisse, le Taz, renchérit Brother Ray. Ce gars est sûrement assez vieux pour vendre son âme au diable.

À contrecoeur, le portier me relâche. À la bonne heure: ses doigts étaient en train de creuser ma chair. Il a mérité son surnom en raison de la similarité entre ses manières et celles du Démon de Tasmanie de *Bugs Bunny*. Trapu, avec un bouc fourchu au menton, le Taz est un véritable concentré de muscles et de furie mal contenue. Au dire de Falcon, il est moins loquace que son collègue… et plus prompt à recourir à la force.

Côte à côte, on dirait Laurel et Hardy revus et corrigés par la World Wrestling Federation! Bien sûr, je me garde de leur en faire la remarque au moment où ils nous ouvrent la porte.

Nous entrons, salués par les serveuses et les habitués qui reconnaissent Falcon. Intime, la boîte peut accueillir une centaine de clients. Comme chez moi, les murs sont ornés de portraits en noir et blanc de vedettes du jazz qui, pour la plupart, n'ont jamais mis les pieds ici autrement qu'en esprit.

Avec ses causeuses moelleuses, le décor évoque un vaste salon bourgeois. Sur la scène, assez grande pour un nonnette, se trouvent une batterie et un Steinway. Près de l'imposant piano à queue, on a aménagé une cabine de prise de son d'où il est possible de diffuser des émissions de radio.

Si tôt dans la soirée, à peine vingt-deux heures, il n'y a pas foule. Mais d'ici peu, le club se remplira de mordus de jazz et de musiciens, amateurs ou professionnels, déterminés à participer à ces matches pseudo amicaux que constituent les *jam-sessions* du dimanche.

Nous nous asseyons à la table réservée à Falcon. Une foule compacte s'agglutine autour de nous. Une cigarette dans une main et un verre de bourbon dans l'autre, le prince Faucon divertit sa cour avec moult anecdotes grivoises.

De partout fusent exclamations et éclats de rire. Les conversations s'entremêlent en un magma sonore. Quelqu'un me paie un verre. Je bois, trop pour mon bien. À quel moment tous ces gens ont-ils envahi la boîte? Je me lève, mais difficile de bouger sans piétiner quelqu'un. La fumée de cigarette me fait monter les larmes aux yeux. J'ai chaud. La tête me tourne.

Installé au clavier du Steinway, Tony *The Tiger* signale le début de la *jam-session*. Avec assurance, il égrène les accords d'introduction de *Brilliant Corners*. Tout à fait de circonstance.

On me présente des gens. Je ne retiens pas les noms. Je nage dans une mer de visages, dont certains me sont familiers. Ce saxophoniste taciturne à l'autre bout de la salle, n'est-ce pas John Coltrane? Ce garçon aux oreilles décollées, une trompette à la main: Lee Morgan? Et accoudé au bar, entouré de groupies, le romancier Jack Kerouac?

En tout cas, le gros bonnet en complet trois-pièces attablé au fond, qui fume le cigare et engloutit flûte de champagne après flûte de champagne, est assurément une personnalité importante. Entouré de femmes accoutrées en vamps, il a vraiment des airs de caïd. Même Falcon lui adresse un salut respectueux.

Sous les projecteurs, la *jam-session* bat son plein. La formidable acoustique de la salle dompte l'écho et nous restitue avec toutes ses nuances la moindre pulsation sonore. Bien vite, le trio se met à chauffer. À ce rythme, ils vont déclencher un incendie d'ici peu!

Va-et-vient sur l'estrade. Certains musiciens s'éternisent et font l'étalage narcissique de leur dextérité. D'autres jettent la serviette au bout de quelques mesures, incapables de faire face à la musique. Spontanés, les connaisseurs acclament les uns et chahutent les autres.

Un frémissement parcourt l'auditoire. Falc a sorti son sax. Tout le monde retient son souffle. Le seigneur et maître du château s'allume une cigarette, prolonge le suspense en jouant avec le bec de l'instrument sans faire de geste vers le podium.

J'observe son manège à distance. Un éclair lumineux me fait sursauter. Un photographe au fond de la salle vient de croquer un portrait de Falcon. Je souris: je sais exactement à quoi ressemblera cette photo avec moi à l'arrière-plan!

Le Prince s'est suffisamment fait désirer. Sifflements et applaudissements saluent son arrivée en scène. Il répond par quelques clins d'oeil, destinés à ses multiples maîtresses. Il lèche l'anche de son alto puis, sans même un regard vers le trio rythmique, attaque en solo le prélude des *Feuilles mortes*.

Après l'énoncé du thème de cette pièce, une des rares chansons françaises à avoir été sacrée standard par les jazzmen américains, Falcon m'invite à le rejoindre. Mon coeur fait un bond. Les jeux sont faits. En me voyant grimper sur scène, le public a l'air de se demander d'où sort ce jeune téméraire.

En guise d'entrée, je fais éclore un bouquet de notes chaleureuses, fortes et claires qui perforent l'atmosphère pesante et enfumée. Rien d'aigu ou d'effronté; je mise sur la justesse du ton et l'authenticité du sentiment.

Falcon et moi croisons nos cuivres comme des escrimeurs leur fleuret. Il fait grimper l'intensité du dialogue en me mettant des bâtons dans les roues. À plusieurs reprises, il change brusquement de tonalité, de tempo et, en fin de compte, défigure complètement la mélodie.

Je tiens bon et parfois même je relance. Mais j'ai besoin de toute ma concentration pour éviter ses pièges. Pas question de capituler. Je réitère le thème en ralentissant le tempo. Je charge chaque note d'inflexions *bluesy*, même si ma trompette n'est qu'un modeste lance-pierre en face du Goliath à l'alto.

Suivant mon exemple, piano et basse reprennent en canon la mélodie initiale. Tandis que l'écho des accords du finale s'estompe paisiblement, Falcon m'adresse un sourire au-dessus du bocal de son biniou, puis vient m'enlacer comme un frère retrouvé.

J'en reste figé. Le public hésite avant de réagir devant cette accolade. Ces gens, qui ne m'avaient jusqu'ici pas accordé la moindre considération, me regardent tout à coup comme si j'avais gagné trente centimètres en hauteur. Enfin, c'est l'ovation.

Decrescendo des applaudissements au moment où une grande mulâtresse, moulée dans une tunique orange sanguine très sexy, fait son apparition sur scène. Elle va se planter près du Steinway et prie Tony *The Tiger* de lui prêter le micro et d'amorcer la pièce *Jim*.

J'ai un léger haut-le-coeur: Dolorès! Appa-

remment, la surprise est générale. Décontenancé, le pianiste interroge l'altiste du
regard. Falc lui fait signe d'acquiescer à la
demande de sa maîtresse.

Micro en main, Dolorès se tourne vers la
salle et inspire profondément. Rick Martell
essuie le manche de sa contrebasse. Chuck
Gordon troque ses baguettes pour des balais,
mieux adaptés à la ballade. Après les accords d'introduction égrenés par Tony *The
Tiger*, Dolorès entonne le premier couplet.

*Jim ne m'apporte jamais de bouquets de
fleurs*
*Jim n'essaie pas d'adoucir mes tristes
heures*
J'sais pas pourquoi je suis si folle de lui
Jim ne me dit jamais que je suis sa désirée
*Je ne sais jamais comment faire pour
l'allumer*
*J'ai perdu tant d'années à cause de lui**

Elle prononce ces mots amers avec une
lenteur dramatique. Ma gorge se serre. Difficile de ne pas deviner à qui s'adresse ce

---

* *Jim*, paroles originales et musique de N. Shawn,
C. Petrillo et E. Ross; traduction libre.

message. J'ai la sensation embarrassante d'assister à quelque chose de privé.

J'épie les réactions de Falcon. Ce plaidoyer désespéré ne l'atteint pas.

Le trio rythmique s'est ajusté au débit de la jeune femme. Elle arrive bientôt au dernier couplet. Il y a un flottement de quelques secondes durant lesquelles pianiste, contrebassiste et batteur attendent une intervention de leur leader.

Je profite de cet instant d'incertitude pour me lancer. Cette fois, je n'ai pas à réfléchir à mon impro. Les notes me viennent spontanément, toutes aussi déchirantes les unes que les autres. Une musique sereine, comme un baume pour l'âme et le coeur meurtris de Dolorès.

Tandis que s'achève mon solo, Martell sort son archet pour un chorus solennel. Falcon demeure imperturbable. Devant son impassibilité, le pianiste nous signale de reprendre au noeud de la chanson. La voix de Dolorès est encore plus poignante. Malgré mon trouble, je risque une mélodie en contrepoint afin de souligner la triste beauté de son chant.

Dolorès et moi terminons la chanson les yeux dans les yeux. Le vert de ses prunelles m'hypnotise. J'en ressens une émotion violente. Sa voix, la proximité de son corps m'électrisent.

La foule n'est pas restée insensible à la complicité qui nous a unis au fil de notre pas de deux musical. Les clients du Brilliant Corners applaudissent à tout rompre. *The Tiger* reprend le micro à Dolorès et présente ses comparses et leurs invités. Du même souffle, il annonce une pause avant le prochain *set*.

Durant ce déluge d'acclamations, Falcon nous fixe, Dolorès et moi, sourcils froncés. Il a l'air d'une marmite sous pression. Malaise. Falcon se prépare à m'apostropher, je le devine. Mais il n'en a pas le temps. À ce moment précis, quatre hommes en noir ordonnent à tous les membres du quintette de bien vouloir les suivre aux toilettes…

Chapitre 8

Évidence

Depuis le jour où j'ai découvert le jazz grâce aux disques de mon père, je n'ai jamais eu qu'un fantasme: côtoyer Jimmy Falcon, jouer avec lui, découvrir son univers quotidien, en faire partie.

Eh bien, me voilà servi!

— Bonne nuit et fais de beaux rêves, fiston! m'a dit le garde, en refermant la porte de ma cellule dans un grand fracas métallique.

Une bonne nuit? De beaux rêves? Quelle blague! Assis sur ce paillasson infesté de punaises, je compte les minutes. Comme la veille, je retrouve l'insomnie et son cortège d'idées lugubres.

Je crains de ne jamais m'éveiller de ce cauchemar que j'avais pris pour la concrétisation de mon rêve le plus cher.

Les hommes qui ont interpellé les membres du Jimmy Falcon Quintet sur la scène du Brilliant Corners étaient agents de police. En apercevant leur insigne, j'ai senti la peur couler dans mes veines comme un poison puissant.

À l'époque, il n'était pas rare que la police fasse de pareilles visites-surprises dans les clubs de jazz. Dans certains cas, on peut parler de harcèlement. Lorsqu'ils avaient affaire à des musiciens, en particulier des Noirs, les policiers présumaient d'emblée qu'il s'agissait de *junkies*. Le groupe de Falcon était d'autant plus suspect que Falc avait mauvaise réputation au commissariat…

Nous avons suivi les policiers dans les toilettes, sans faire d'histoire. Falcon m'a pris par les épaules brièvement, pour me réconforter. Sa façon de me dire: «Ne t'inquiète pas, le kid; j'en ai vu d'autres. Tout va bien aller.»

Dans les cabinets, les agents nous ont ordonné de rouler nos manches, pour examiner nos avant-bras. Malheureusement pour eux, avec la fréquence grandissante de ce genre de perquisitions, certains héroïnomanes avaient pris l'habitude de se piquer à des endroits moins évidents, dans le talon ou sous la langue.

La griserie de l'alcool et l'exaltation

qui m'avait possédé durant la *jam-session* avaient complètement disparu. J'étais aussi anxieux qu'un agneau aux portes de l'abattoir. Tous partageaient mon angoisse, sauf Falcon qui arborait un rictus hautain. Même quand est venu son tour de présenter ses avant-bras, il n'a pas cessé de sourire.

— C'est quoi, cette cicatrice? lui a demandé l'un des officiers en désignant la marque laissée par le couteau de Chico.

— C'est rien, monsieur l'agent, a répondu Jimmy Falcon avec une politesse appuyée. Je me suis coupé en me rasant.

Aucun des policiers ne semblait goûter son humour, mais il continuait de ricaner dans sa barbe.

— Et celle-là? a relancé un autre agent en pointant le petit point rouge à la saignée du coude de Falc.

— Ça? Oh, une tache de naissance.

À peine Falcon avait-il lâché ce mot d'esprit que l'un des agents lui envoyait un coup de coude dans les côtes. Sous le choc, il est tombé à genoux, le souffle coupé.

— Cesse de faire le malin, le Nègre, l'a prévenu l'inspecteur. Peut-être bien qu'aux yeux de tes groupies tu es le roi du jazz ou le Messie, mais aux miens, tu es juste un *junkie* parmi d'autres.

Falcon s'est relevé péniblement. De toute évidence, il lui devenait plus difficile de sourire, mais il a persisté, par orgueil.

— Assez rigolé, bande de babouins! a aboyé un autre officier. Videz vos poches, baissez vos pantalons et alignez-vous les mains contre le mur et les jambes écartées… Et que ça saute!

À contrecoeur, tout le monde a obéi. Mon estomac gargouillait. La vue de ces musiciens, parmi les plus importants de leur génération, humiliés par des brutes imbues de leur pouvoir me donnait la nausée.

Les agents nous ont tripotés sans considération pour nos parties intimes. Par je ne sais quel tour de magie, ni Falcon, ni Gordon, ni Marcinovic n'avait de dope sur lui. Avaient-ils consommé sur place toute l'héro achetée en début de soirée? Ou l'avaient-ils planquée en prévision de la descente?

L'agent qui me fouillait m'a fourni la réponse. De la poche du veston trop ample que m'avait prêté Falc, il a tiré un sachet de papier brun rempli de poudre blanche.

Malgré les protestations de Martell, on m'a embarqué d'autant plus volontiers que je ne possédais aucune pièce d'identité. En quittant le Brilliant Corners, le chef a promis à Falcon qu'il le garderait à l'oeil.

Pour sa part, le Prince du sax alto évitait mon regard. Seule Dolorès s'est approchée de l'auto de police, mais les officiers l'ont écartée. J'étais trop abasourdi pour réagir. Je me suis retrouvé coincé en sandwich entre deux policiers.

Au poste, l'interrogatoire s'est déroulé dans un nuage de brume bleue, sans réelle brutalité. Je ne me souviens pas de leurs questions, encore moins de mes réponses. J'ai dû improviser une histoire abracadabrante pour expliquer que je n'avais ni papiers ni adresse légale, pas même la carte de cabaret requise pour se produire dans les boîtes de nuit new-yorkaises.

Au fond, les policiers se doutaient que je m'étais fait avoir. Après m'avoir examiné des pieds à la tête, ils n'avaient trouvé aucune marque de piqûre. Peu importe. À travers moi, c'est à Falcon qu'ils s'en prenaient. Ils voulaient sa peau et n'auraient de repos qu'après l'avoir retiré de la circulation.

Trois bureaux plus tard, on a renoncé à vouloir me faire avouer mon âge véritable et le nom de mes parents. Décrétant qu'une nuit en cage saurait me rendre compréhensif, l'inspecteur principal, un dénommé Chambers, a ordonné qu'on m'enferme.

Ma cellule est à peine plus grande qu'une penderie. J'entends les autres détenus ronfler ou marmonner dans leur sommeil. Il flotte dans l'air une odeur suffocante, mélange d'alcool, de sueur, d'excréments, de vomissures et de renfermé.

J'ai le coeur au bord des lèvres et les yeux pleins d'eau. Je voudrais que tout s'arrête maintenant. Je voudrais me réveiller dans ma salle de musique. Je voudrais courir rejoindre ma mère sous son édredon, comme autrefois après un mauvais rêve.

À nouveau, les souvenirs profitent de mon insomnie pour m'assaillir. Je suis submergé d'images: le printemps à Montréal, notre appartement, le sourire, les baisers et les mains gercées de maman. Je revois Pierre Morton Latouche, ce spectre qui a traversé ma vie sans laisser de traces. Tous ces clichés sont embrouillés, comme s'ils appartenaient à une autre vie, un autre monde. Un monde dont je suis à tout jamais exilé.

Je repense alors à Dolorès, à notre complicité qui a duré le temps d'une chanson. Falcon en a-t-il eu conscience? En a-t-il ressenti de la jalousie? M'aurait-il glissé l'héroïne dans les poches délibérément?

Je découvre un nouvel aspect de James Edward Falcon. Un aspect qui ne me plaît pas du tout. Du coup, tout ce que j'ai vécu depuis mon apparition dans cette impasse new-yorkaise me remonte à la gorge.

J'ai peur que la nuit se referme sur moi et ne lâche plus prise.

J'éclate en sanglots.

***

Après quelques heures d'un sommeil agité, je me réveille. J'ai lu quelque part qu'en prison on perd la notion du temps. Affalé au fond de ma cellule, j'ai l'impression que les minutes, les heures s'allongent. Maussade, j'ai levé le nez sur le modeste déjeuner qu'on offrait aux détenus ce matin. Je le regrette, maintenant que la faim me tenaille.

En fin d'après-midi, un gardien vient me chercher et me ramène au bureau de Chambers. Occupé au téléphone, c'est à peine si l'inspecteur daigne me faire signe de m'asseoir. Des affiches touristiques représentant de verdoyants paysages germaniques tapissent les murs de la pièce.

Je frissonne à l'idée que la Deuxième

Guerre mondiale est terminée depuis moins de vingt ans. Qui sait? À l'époque où je me trouve, les services de police américains encourageaient peut-être leurs agents à suivre des stages de perfectionnement en Allemagne auprès d'anciens officiers de la Gestapo…

Sur son pupitre s'étalent mes effets personnels, confisqués la nuit dernière: trompette et sourdine, veston fripé, ceinturon. Il ne manque que ma paye d'hier, mais je ne m'en étonne même pas.

Enfin, l'inspecteur Chambers raccroche et me toise avec une expression mi-méprisante mi-découragée.

— Ramasse tes cochonneries. Tu es libre.

— Pardon? On a payé ma caution?

— Coup de fil de l'Hôtel de ville; malgré l'irrégularité de ta situation, j'ai reçu l'ordre d'abandonner tous les chefs d'accusation et de te libérer.

— Je ne comprends pas. Qui…?

— Fouille-moi. Tout ce que je sais, Marlon Hill ou qui que tu sois vraiment, c'est que tu sembles avoir des relations.

À son ton, je comprends que les directives de ses supérieurs ne le réjouissent pas. Je cueille mes affaires sur la table. Au moment où j'ouvre la porte du bureau, il m'apostrophe une dernière fois.

— On se reverra, fiston. Tu peux compter là-dessus. Toi, ton copain Falcon et toute votre bande de dégénérés n'avez pas encore fini d'entendre parler de moi.

Je retrouve la sortie sans peine. Dehors, sous une pluie fine, m'attend une Cadillac noire. Une grande mulâtresse en émerge.

— Dolorès? Mais…

— Chut, dit-elle en posant un index sur ma bouche. Plus tard.

Elle m'invite à prendre place sur la banquette arrière. Aussitôt la portière refermée, la voiture démarre en trombe. Le chauffeur, un colosse au faciès découpé dans le marbre, conduit en silence et sans prêter attention à nous: un vrai robot. Nous respectons la loi du silence en vigueur. Mon angoisse ne s'est pas encore dissipée.

En un rien de temps, la Cadillac traverse la ville rendue indistincte par la bruine sur les vitres. De la paume, je découpe un hublot dans la buée. La voiture se gare devant l'immeuble de Dolorès. Elle me fait signe de descendre d'abord. Le temps d'échanger quelques mots avec le chauffeur et elle me rejoint sur le trottoir. Tandis que l'auto s'éloigne au bout de la rue, Dolorès me précède vers le vestibule.

Le décor de son appartement a sur moi un effet apaisant. Je pose ma trompette sur la table du salon. Sans pudeur, je retire la chemise trempée de sueur qui a gardé l'odeur de la cellule. Je la roule en boule et la balance dans un coin du salon. J'étire mes membres endoloris.

— C'est à qui, cette voiture? Qui a payé ma caution?

— Boss BG s'est arrangé pour qu'on te libère.

— Ah oui? Et c'est qui, ce bon Samaritain?

— Un type qui pèse lourd dans cette ville.

Soudain, je me rappelle avoir entendu ce nom le premier soir.

— Mais pourquoi? Je ne le connais même pas.

— Lui, si. Boss BG aime beaucoup la musique. Tu l'as vivement impressionné au Brilliant Corners hier soir.

Elle laisse quelque chose en suspens, je le sens. Du regard, j'insiste pour connaître le fin mot de l'histoire.

— Et puis j'ai plaidé pour toi, ajoute-t-elle en baissant les yeux.

Je n'ose pas l'interroger sur la nature des arguments qu'elle a présentés pour convaincre mon bienfaiteur d'user de ses contacts à l'Hôtel de ville.

— Ne prends pas cet air, renchérit Dolorès d'une voix sèche. Je ne suis pas une enfant. Je sais ce que je veux et comment l'obtenir. Boss BG m'a toujours bien traitée. Il subvient à tous mes besoins…

Je secoue la tête, pour chasser l'image d'une aiguille plongeant dans le bras délicat de mon hôtesse. On dirait qu'elle fait exprès d'en rajouter, côté détails sordides, pour creuser un gouffre entre nous. «Nous ne sommes pas du même monde, petit», semble-t-elle me dire. J'en ai marre de cette supériorité qu'elle affiche à mon égard.

— Et qu'est-ce qu'il attend de moi en échange?

— Que tu joues de la bonne musique. Rien d'autre. Pour l'instant...

Ce «pour l'instant» ne me plaît pas.

— Et Falcon dans tout ça?

— Sais pas, répond Dolorès en avalant sa salive. Je m'en fous.

S'ensuit une longue pause, que je n'ai pas l'audace de rompre.

C'est le crépuscule. La pluie crépite contre

les carreaux. Pour tromper le malaise, Dolorès va à la cuisinière. Elle y dépose une petite casserole pleine d'eau et allume le feu au maximum.

— Tu veux du thé? me demande-t-elle, sans se tourner.

Je fais non de la tête. Je me rapproche d'elle. Dolorès me fait face, défiante. Quelques centimètres nous séparent et une sorte de tension électrique circule entre nos corps. Dans la casserole, l'eau frémit.

Dolorès se retourne à demi. Nous tendons simultanément une main vers le bouton. Nos doigts s'effleurent. J'ouvre la bouche, mais déjà Dolorès plaque ses lèvres contre les miennes, ses seins contre mon torse nu.

Je réponds au baiser timidement au début, puis avec une fougue en crescendo. Son parfum me monte à la tête. J'inspire profondément pour n'en pas perdre la moindre bouffée. Je sens ses ongles dans mon dos. Elle s'agrippe à moi comme à une bouée.

J'oscille entre le malaise à l'idée que cette étreinte soit interdite et l'envie de retenir Dolorès entre mes bras. Impossible de la relâcher. Notre baiser se prolonge jusqu'à ce que ma fatigue et mon angoisse s'estompent.

Dolorès se décolle de moi, place sa paume

ouverte contre mon coeur et déplie le bras pour rétablir la distance entre nous. Elle se mord la lèvre inférieure. Dans ses yeux se perçoit un désarroi à donner des crampes d'estomac. Sa main remonte vers mon épaule, la caresse. Comme attirée par un aimant, la mienne va vers sa joue, s'y moule.

— J'ai envie de toi. Mais j'ai peur.

— Peur de quoi?

— De te faire du mal. De nous faire du mal.

Je suis sensible à sa peur, semblable à celle de ma mère trop éprise de mon père pour son propre bien. C'est idiot: pour certaines personnes, l'amour se vit davantage comme une malédiction que comme un état de grâce.

Ma main glisse vers sa nuque, j'empoigne ses cheveux soyeux à la racine. Je la ramène contre moi pour l'embrasser. Dolorès n'offre pas de résistance, au contraire. Sans détacher sa bouche de la mienne, elle me fait reculer jusqu'à sa chambre.

Elle me pousse sur le lit. Je l'entraîne dans ma chute. Sur le sommier grinçant, nous nous déshabillons. Nous faisons l'amour dans un enchaînement de gestes pressés et maladroits. À la cuisine, l'eau bouillonne très fort.

Mon coeur bat à me défoncer la cage thoracique. Je me sens plus anxieux qu'au moment de monter sur scène avec Falcon, si cela est Dieu possible. Elle qui a connu tant d'hommes doit me trouver inadéquat. Elle doit deviner que je suis puceau.

Avant que j'aie le temps de m'apercevoir de ce qui m'arrive, c'est déjà terminé. Honteux, je reste un moment étendu sur le dos. J'aurais voulu que cette première expérience ait la légèreté enivrante des grands triomphes. À la place, il ne me reste que le blues des envols ratés.

Résolu à compenser ma piètre performance par de la tendresse, je lui flatte délicatement la chute des reins. Le grain de sa peau rappelle un abricot. Dolorès se blottit au creux de mes bras, agitée par des sanglots.

La gorge sèche, je reste muet.

À la cuisine, l'eau du thé s'est presque entièrement évaporée.

Chapitre 9

Nuages

Son histoire ne diffère pas beaucoup de celles de bien des jeunes filles de son milieu, à son époque comme à la mienne. Ni plus tragique ni moins pathétique, je suppose. Dolorès en a conscience et je ne crois pas qu'elle cherche à attirer ma pitié. Je la sais trop fière pour ça. Son histoire est somme toute banale, comme le sont souvent les vies des petites gens qui ne verront jamais leur nom dans un dictionnaire.

Aînée d'une famille d'immigrants cubains, Maria Dolorès Valdez avait commencé à faire des ménages dans les maisons huppées de la bourgeoisie blanche de Manhattan à douze ans, pour aider à boucler le budget familial.

À quatorze ans, elle s'était fait violer par un de ses employeurs — avec l'impunité réservée aux gens de sa classe sociale. Placée dans une école de réforme, Dolorès n'en est sortie que pour plonger dans l'enfer de la prostitution et de la drogue.

C'est dans ce milieu qu'elle a connu Jimmy Falcon. Ils faisaient affaire avec les mêmes fournisseurs. Tout de suite, il lui avait plu. Son attirance pour lui n'avait rien à voir avec sa renommée de Prince du sax alto. Dolorès ne s'intéressait pas au jazz.

Très vite, Falc a pris l'habitude de multiplier ses visites dans ce nid d'amour commandité par Boss BG. Il y revenait d'autant plus volontiers que Dolorès l'accueillait à bras ouverts, peu importait l'heure.

— Je sais, Jimmy n'est pas un ange, admet-elle. Mais ce n'est pas un monstre non plus. Il a souvent été là pour moi, à des moments où j'ai eu envie de faire des folies. Et puis, il lui arrive d'être gentil. Quand il est avec moi, j'ai l'impression d'exister vraiment. Beaucoup plus qu'entre les bras des hommes qui se succèdent dans mon lit.

J'avale un peu de salive, embarrassé par l'idée qu'elle me mette dans le même panier que «ces hommes qui passent», pour reprendre les mots d'une chanson de mon époque. Lisant dans mes pensées, elle dessine un sourire sur mes lèvres du bout de l'index, comme pour me rassurer. J'attrape son poignet délicat et embrasse son doigt. Je fais rouler mes lèvres à l'intérieur de sa paume, lèche le sel de sa peau.

Elle reprend sa main. Son regard trahit la même détresse que tantôt. Nous refaisons les mouvements de tout à l'heure avec une aisance nouvelle. La première étreinte n'était qu'une répétition pour celle-ci. Nous haletons en harmonie.

Mes mains parcourent son corps, explorent les monts et vallées de ce désert café au lait. Dolorès sourit et me reçoit en elle avec l'avidité d'un sol sec qui appelle l'orage. Elle remue lentement, m'attire et me repousse, fait monter la tension.

Au diable Falcon et toutes ses sordides histoires de films de gangsters! À cet instant précis, je meurs et renais en Dolorès, perdu au milieu du délicieux raz-de-marée qui nous submerge tous deux.

En multipliant baisers et éclats de rire, nous faisons naufrage sur un rivage inconnu, à bout de souffle, enchâssés l'un dans l'autre.

***

Dans mon rêve, je cours à en perdre haleine dans une galerie de miroirs déformants. Dans ce labyrinthe hallucinant, complètement insonorisé, je n'entends même pas le son de mes pas. Après quoi est-ce que je cours? Je ne saurais le dire. Après mon ombre peut-être, après l'idée que je me faisais de moi-même. Soudain, je me heurte contre un mur. Sonné, je tombe à la renverse, les quatre fers en l'air.

En levant la tête, j'aperçois Pierre Morton Latouche debout devant moi, qui me regarde avec une grimace de dépit. Son image est floue, comme sur un téléviseur mal ajusté.

Je bondis sur mes pieds. Je m'élance avec la ferme intention de lui casser la gueule. Mais mon poing ne rencontre que la surface glacée d'un miroir qui, sous le choc, éclate en morceaux.

Je m'éveille avec une drôle de sensation d'oppression. Il fait sombre, même si un peu de la lumière de la cuisine arrive jusqu'ici. Sur le matelas à mes côtés, Dolorès grelotte en marmonnant. Bizarre, il ne fait même pas froid dans l'appartement. Fait-elle un cauchemar, elle aussi? Je m'apprête à la secouer mais, soudain, je m'avise d'une présence.

Une ombre familière se profile dans l'embrasure de la porte.

Du coup, une main glaciale se referme sur mon estomac. Falcon.

Je me sens mal. Mais pourquoi ces re-mords? Ce salaud en avait-il éprouvé le moin-dre quand la police m'a coffré à sa place? Qu'il me surprenne au lit avec sa maîtresse n'est que le juste retour des choses, non?

Au lieu de s'en offusquer, Falcon secoue la tête, se détourne et va au salon. Évidem-ment, le Prince ne s'abaissera pas à faire une crise de jalousie.

Dolorès se contorsionne entre les draps. J'aimerais presque la croire épileptique. Mais pas besoin d'un dessin pour comprendre qu'il s'agit d'autre chose... Estomaqué, je la vois claquer des dents, comme fiévreuse. Son nez coule. Sa respiration est saccadée. Sa peau si lisse se couvre par endroits de plaques d'urticaire. Elle ouvre les paupières, mais ne semble plus enregistrer ma présen-ce. Elle ne me répond même pas.

Je saute dans mes pantalons, résolu à affronter Falcon. Assis sur le divan, le saxo-phoniste sort un petit sachet de poudre blan-che de sa poche et inspecte ses instruments, seringue, cuiller arquée et tout le bataclan, comme si de rien n'était.

J'ai la nausée. J'ai vu des reportages sur la consommation d'héroïne à mon époque. Et j'ai trouvé ça triste, c'est tout. Pourquoi alors est-ce que le drame de ces milliers de gens, parfois plus jeunes que moi, me touche moins que le sort de James Edward Falcon? Parce qu'il a enregistré une quinzaine de microsillons qui avaient touché mon âme? Belle affaire!

N'est-ce pas plutôt parce que j'avais reporté sur lui l'admiration que je n'ai pas pu vouer à Pierre Morton Latouche, ce spectre errant?

Je tousse pour attirer l'attention de Falcon.

— Il faut qu'on se parle.

— Tu n'as pas idée de la chance que tu as eue, le kid, se moque-t-il, sans même me regarder. En temps normal, coucher avec elle coûte bien plus cher que ce que tu pourrais te payer.

Des flammes me montent aux joues. Mais je refuse de céder à la rage qui m'habite. Je ne veux pas lui offrir la satisfaction de me voir perdre mon sang-froid. De toute évidence, il est blessé dans son orgueil. Sinon, il ne se donnerait pas tout ce mal pour le cacher.

— Falcon, je veux qu'on se parle. Sérieusement.

— Je t'écoute, même si je doute que ce

que tu as à dire m'intéresse. Et puis, si c'est pour me demander des conseils sur comment t'y prendre avec elle, oublie ça. Au lit, c'est comme en musique; si tu n'es pas capable du premier coup, il vaut mieux céder la place à quelqu'un qui s'y connaît...

Cette fois, c'en est trop! Je lui balance une claque sur les mains qui lui fait échapper le sachet d'héroïne. Du coup, il se redresse, m'empoigne par le collet et me pousse contre le mur. Ses jointures m'écrasent la pomme d'Adam. J'ai du mal à respirer.

— Ne t'avise plus jamais de lever la main sur moi, morveux! grogne-t-il, les dents serrées. Sinon, je t'arrache la tête.

Je ne réponds pas. Je souris, exprès pour le narguer. Il se renfrogne. Il regrette de s'être énervé et ne sait plus comment me relâcher maintenant qu'il a perdu la face.

— Jimmy, râle Dolorès à ce moment. Jimmy, s'il te plaît...

Falcon et moi restons un instant hébétés. Puis il se précipite auprès d'elle, avec moi sur les talons. Dolorès est en sueur, comme une marathonienne en bout de course. Elle tend la main vers lui, dans un geste d'imploration. Tremblante de la tête aux pieds, elle fait vraiment pitié à voir. Falcon s'assied à son chevet et lui caresse le visage, très tendrement.

— Jimmy, je n'en peux plus…

— Ça va aller, bébé, chuchote-t-il. Je m'occupe de toi.

Il se relève, m'écarte de son chemin et retourne au salon chercher sa trousse.

— Falcon, maudit, ce n'est pas une manière de l'aider, réussis-je à articuler, malgré le noeud dans ma gorge.

— On ne t'a pas sonné! fait-il en chargeant la seringue.

— Non!

— Merde, Marlon, ne te mêle pas de ça! hurle Dolorès, les paupières inondées de larmes.

Son hostilité me pétrifie. Falcon me contourne et revient auprès de Dolorès. Je n'ose rien pour elle. Je peux juste regarder son amant lui injecter ce poison dans les veines. Elle ferme les yeux. Je me sens ridicule et inutile. Je voudrais disparaître, ne plus jamais entendre ne serait-ce que le nom de James Edward Falcon.

Il se lève et se tourne vers moi, avec un rictus pervers. À son tour de savourer son triomphe. Leur dépendance à l'héro est une malédiction qui les unit comme un lien de sang. Et qui m'exclut.

Sans en avoir conscience, je décoche à Falcon un direct en pleine gueule. Stupéfaite, Dolorès pousse un cri. Ébranlé, le saxo titube. Je secoue la main, les jointures engourdies. Falcon essuie sa lèvre ensanglantée sur son avant-bras en me regardant d'un air incrédule. Avant qu'il puisse répliquer, une voix retentit derrière nous.

— On se calme, les *boys*. La récréation est terminée…

En contre-jour, cinq hommes paraissent dans la cuisine, dont le chauffeur de la limousine de cet après-midi et le caïd entraperçu au Brilliant Corners hier soir. Élégant, le bonhomme dégage une telle assurance qu'on lui donnerait le bon Dieu sans confession.

Je n'en dirais cependant pas autant des malabars à la mine patibulaire qui l'escortent: Brother Ray, le Taz et Chico! Défiguré par son oeil au beurre noir, le Latino jette sur Falcon et moi un regard assassin.

— Qu'est-ce que vous foutez ici? s'indigne Falcon. Cet appartement n'est pas un endroit public, que je sache…

De toute évidence, Falcon en remet, histoire de montrer qu'il n'a peur de personne.

Rien qu'à entendre le rire méprisant de Boss BG, je devine que l'idée n'est pas des plus brillantes.

— Ça t'amuse peut-être de faire semblant de l'ignorer, Falcon, mais cet immeuble m'appartient, réplique-t-il. L'immeuble et tout ce qu'il contient, si tu vois ce que je veux dire…

L'insinuation me donne la nausée. Falcon, lui, ne semble pas s'en indigner.

— Tu me connais, Jimmy: je n'ai pas l'habitude de me mêler des affaires courantes de mes employés. Mais Chico ici m'a tenu des propos peu flatteurs à ton sujet. Histoire de compte en souffrance et d'infidélité. Tu sais, j'ai horreur des clients infidèles…

Falcon serre les poings, mais n'ose pas un mot. Boss BG s'approche et lui passe la main sur la joue. Piqué à vif, Falcon repousse brutalement le caïd. Brother Ray et le Taz font un pas, menaçants. D'un signe de tête, leur patron leur ordonne de rester à l'écart. Il n'a pas l'air offusqué. Au contraire, son sourire s'élargit. Sans perdre son calme, il secoue l'index à la face du saxo, à la manière d'un prof déçu par un élève malcommode.

— Ah, Jimmy, Jimmy, Jimmy… Tu n'as

pas idée de ta chance. Si je n'adorais pas tant ta musique, tes excès t'auraient déjà coûté la vie. Mais il ne faudrait quand même pas me pousser à bout.

Pour faire écho à cette menace, Chico dessine avec son couteau des cercles à la hauteur de son visage. J'ai l'estomac à l'envers et les genoux à la veille de flancher. Boss BG se tourne vers moi.

— Petit, j'ai beaucoup apprécié ta prestation d'hier, surtout ton duo avec la jolie Dolorès. Tu as du talent, garçon. Crois-en un mélomane: tu iras loin. À condition, bien sûr, de ne pas suivre de mauvais exemples…

Le caïd se glisse entre Falcon et moi, passe ses bras autour de nous. Il nous enserre fraternellement en nous entraînant vers la porte. Ses gardes ont l'air sur le qui-vive, mais il les rassure d'un clin d'oeil. Chico montre quand même les dents à Falc.

— Vous jouez ce soir au Brilliant Corners pour la radio, si je ne m'abuse. J'ai hâte de vous réentendre. Crois-moi, Falc, ce garçon est la meilleure addition à ton groupe que tu aurais pu souhaiter. Mais pour le moment, j'apprécierais que vous fichiez le camp. Dolorès et moi avons à discuter en tête-à-tête.

Je regarde par-dessus mon épaule, Dolorès s'est levée, chancelante. Enveloppée dans son drap froissé, elle a l'air d'une vestale sur le point d'être offerte en sacrifice aux dieux de l'Olympe. Je m'immobilise et me retourne pour bredouiller:

— Dolorès…

Elle ne répond pas. J'insiste du regard. Elle baisse la tête.

— S'il te plaît, va-t'en, Marlon, susurre-t-elle.

— Je ne lui ferai aucun mal, ne t'inquiète pas, petit, dit Boss BG. Dolorès et moi avons un compte à régler. Je lui ai rendu service ce matin et elle doit me rembourser. Dans la vie, tout se paie. Une leçon très simple qu'elle a bien assimilée, contrairement à Falcon.

Il me serre le biceps pour m'obliger à reprendre le chemin de la sortie, mais je refuse de suivre.

— Très émouvant ton numéro chevaleresque, raille Boss BG. Sauf que ça suffit pour ce soir, le mélodrame.

— Dolorès…

— T'es sourd ou quoi? Débarrasse le plancher!

Son agressivité me glace le sang. Décontenancé, je me laisse bousculer hors de l'appartement par les hommes du caïd. Chico en profite pour pousser Falc un peu plus brutalement que nécessaire. Le Taz nous balance mes vêtements et nos instruments par la tête.

— En passant, Jimmy, tu as jusqu'à demain pour régulariser ta situation, ajoute Boss BG. Sinon New York devra dire adieu au Prince du sax alto!

Sur cette menace explicite, il ferme doucement la porte.

Chapitre 10

L'oeil du cyclone

Dehors, une odeur de feuilles détrempées flotte dans l'air. Ce parfum me fait penser à la mort.

Falc hèle un taxi. Nous n'échangeons pas un traître mot de tout le trajet jusqu'au Brilliant Corners. Assis sur la banquette arrière, je regarde le paysage urbain défiler. On dirait ces images en rétroprojection dans les vieux *thrillers* d'Alfred Hitchcock.

Mes émotions confuses et contradictoires m'asphyxient. J'ai beau savoir de quelle façon Dolorès gagne sa vie depuis des années, j'enrage rien qu'à l'imaginer entre les bras de Boss BG! J'ai le goût de donner des coups de pied, des coups de poing partout, de tout casser. Ma tête tourne. Serait-ce le stress, la peur ou le sentiment de ne plus pouvoir rien faire contre la marche inéluctable du Destin?

Et Falcon qui ne dit rien, le regard perdu dans le lointain.

Que reste-t-il de mon admiration pour lui? Je crois que je le méprise, que je le déteste.

Alors, pourquoi suis-je encore à ses côtés?

Il est presque vingt-trois heures lorsque le taxi nous dépose dans l'allée adjacente au club. Falcon m'entraîne vers l'entrée des artistes, à l'arrière, qui mène directement à la loge sous la scène. Dans ce petit local étroit nous attendent les autres membres du quintette.

— Falc, te voilà enfin! s'exclame Chuck Gordon. On était sur le point de monter sur scène sans...

Le batteur s'interrompt en m'apercevant. Mon arrivée suscite un léger malaise. De toute évidence, les gars ne s'attendaient pas à me revoir si tôt, après le mauvais tour de leur leader. À ma grande surprise, Martell m'accueille avec une accolade chaleureuse.

— Content de te retrouver, Shadow!

Moi qui croyais que le bassiste me méprisait!

Suivant son exemple, Gordon et Marcinovic me présentent leurs paumes pour que j'y tape. Je n'en reviens pas: les types m'ont vraiment accepté comme partie intégrante de leur groupe!

— Bon, ça suffit les bons sentiments,

intervient Falc. Le kid revient d'une nuit en taule, pas de la guerre de Corée!

Évidemment. Monsieur Falcon n'apprécie pas qu'un autre que lui soit le centre d'attraction.

— D'accord. Si on parlait d'argent, à la place, Falc, fait Marcinovic.

Le pianiste jette un coup d'oeil vers ses collègues, comme pour s'assurer de leur soutien. Falcon arque un sourcil.

— Qu'est-ce que tu veux dire, Tony?

— Il y a longtemps qu'on n'a pas été payés…

— Ouais, Falc, surenchérit Gordon. Il me semble qu'on devait toucher une avance ces jours-ci…

— C'est vrai. J'en parle au patron dès ce soir.

— On en a parlé au patron, imagine-toi donc, reprend *The Tiger*. Il nous a dit qu'il t'a versé une avance pour tout le groupe la semaine passée.

Falcon accuse le coup. Il ose un regard vers Martell, son complice de longue date, mais le bassiste ne donne pas l'impression de prendre son parti. Je comprends leur frustration. Fidèle à sa réputation, Falcon a dû empocher leur paye et se l'envoyer dans le bras. Il n'est certes pas le premier musicien toxicomane à faire ce coup à ses collègues.

— Qu'est-ce qui se passe? bafouille le Prince du sax alto. Vous ne me faites plus confiance ou quoi?

— Là n'est pas la question, répond Martell sur un ton glacial. La question est de savoir ce que tu as fait de notre argent.

Falcon laisse échapper un petit rire malaisé, où perce tout de même une pointe de sarcasme.

— Hé, les gars! On va pas se prendre la tête pour une poignée de dollars! Je vous jure que je règle ça d'ici la fin de la soirée. Alors pas besoin de manger tes bas, Marcinovic…

Hors de lui, *The Tiger* attrape son leader par la gorge.

— Tu ne me riras pas dans la face comme ça! fait le Yougoslave dans un grognement conforme à son surnom. Je veux mon argent, maudit Nègre!

Revenus de leur surprise, Gordon et Martell s'interposent. Falcon et Marcinovic sont déchaînés. Heureusement, le batteur et le bassiste sont suffisamment costauds pour les maîtriser.

À ce moment, un petit bonhomme en costume bleu rayé entre dans la loge. J'ai oublié son nom — Gilbert ou Robert, quelque chose du genre — mais il me semble qu'on me l'a présenté hier comme le gérant du club.

— Hé, ce n'est pas le moment de vous bagarrer! Ces messieurs de la radio s'impatientent en haut, sans parler du public…

— Qu'ils prennent leur mal en patience, merde! s'emporte Falcon.

S'adressant à ses partenaires, il ajoute:

— Allez-y pendant que je discute avec Bernie de notre problème…

Sans plus tarder, Martell et Gordon sortent en entraînant Marcinovic avec eux. Trompette à la main, je les suis dans le couloir. Rendu au pied de l'escalier, j'hésite cependant à monter. Je reste à attendre Falcon, dont j'entends la conversation avec le gérant du Brilliant Corners.

— Pas question d'une autre avance, Jimmy! Je t'en ai déjà trop donné! Avec tout ce que vous consommez au bar en une nuit, c'est moi qui devrais vous réclamer de l'argent!

— Tu es vraiment un pingre, Bernie! Penses-tu sincèrement que les gens viendraient s'entasser dans ton trou à rats si ce n'était pas pour nous entendre? Tu fais une fortune sur notre dos! Mon groupe vaut plus que les miettes que tu nous paies et tu le sais très bien.

— Ce que je sais, Jimmy, c'est que vous toucherez la somme prévue, le jour prévu, comme prévu! Pas un sou de plus, pas une journée avant…

— Va te faire foutre, pauvre con!

— Traite-moi de tous les noms, si ça te chante. Je m'en fiche. Je veux juste te voir sur l'estrade dans les prochaines minutes. On a passé une entente honorable, alors respecte-la!

Sur ces mots, le dénommé Bernie ressort de la loge en claquant la porte. Fulminant, il traverse le corridor sans me prêter la moindre attention. Je reviens sur mes pas. Je pousse la porte le plus doucement possible.

Le spectacle à l'intérieur me pétrifie. Assis en face du grand miroir craquelé, Falcon fixe le plancher entre ses jambes écartées en se serrant la tête à deux mains. Ses épaules sont agitées par un léger tremblement. On dirait…

On dirait qu'il pleure.

J'essaie d'avaler un peu de salive, en vain.

— Qu'est-ce que tu fous ici, le kid? Tu es venu te moquer ou me mépriser?

Comment a-t-il deviné que c'est moi? Il se redresse, les paupières inondées, la lèvre tremblotante. Il ferme les yeux un bref instant, comme pour contenir un spasme, une douleur intérieure.

Par réflexe, dirait-on, il ouvre le tiroir du dressoir et y prend une bouteille de whisky à peine entamée. Il la débouche, porte le goulot à ses lèvres, en engloutit près du quart puis me la tend. Je refuse poliment. Après une autre rasade, il la range à sa place.

— Hé, ça va aller?

— Ouais, je suppose, soupire-t-il. C'est juste qu'avec tout ce remue-ménage chez Dolorès, je n'ai pas eu le temps de me shooter.

Je grimace de dégoût. Ma réaction a l'air d'amuser le saxophoniste. D'en haut nous parviennent des notes étouffées de piano. Je reconnais les accords de *Blame It on My Youth*. De toute évidence, *The Tiger* et les autres ont décidé de réchauffer la salle en attendant l'entrée en scène du Prince.

— Falcon, te rends-tu compte que tous tes problèmes viennent de cette merde que tu t'envoies dans les veines?

— Crois-tu sincèrement que je ne le sais pas? s'emporte-t-il, en réprimant ses sanglots.

Il se redresse et pose sur moi un regard embué.

— J'avais à peu près ton âge quand j'ai commencé à me piquer, enchaîne-t-il, un octave plus bas. Ricky et moi, on était toujours collés aux baskets des géants du bebop dès qu'ils se pointaient à Philadelphie: Dizzy, Monk, Bud Powell, Fats Navarro et, surtout, surtout Bird. Plus que tous les autres, Parker nous subjuguait... On n'avait jamais entendu personne jouer du sax comme ça! Il était un dieu pour nous, vraiment!

Tu ne me croirais pas si je te le disais, mais je sais tout ça par coeur, Falc. Je la connais, ton histoire, semblable à celle de trop de jazzmen de ta génération. Convaincus que Charlie Parker devait son génie phénoménal à l'héroïne, vous vous êtes mis à en consommer. Toi, Jimmy Heath, Sonny Rollins, Jackie McLean et tous les autres disciples de Bird, vous y avez cherché une illumination qui en fait se trouvait au fond de vous.

Quel gaspillage! D'ailleurs, Parker avait été le premier à le reconnaître. Il s'en voulait à mort d'avoir servi de mauvais exemple à ses émules, dont plusieurs avaient perdu la vie à cause de l'héroïne.

— Alors pourquoi ne pas décrocher pendant qu'il est encore temps? Martell a réussi, lui...

— Tu penses que je n'ai pas essayé, crétin! As-tu idée de ce que c'est quand tout ton corps réclame cette merde! Quand tes tripes se resserrent, que tes veines se remplissent de glaçons, que tu pisses la sueur par les pores de ta peau, que ton coeur bat si fort qu'on dirait qu'il va lâcher.

Non, je l'avoue. À cause de ma fascination pour ta vie, j'ai lu sur le sujet, j'ai vu des reportages, des documentaires. Mais avant de vous côtoyer, Dolorès et toi, je n'avais pas la moindre notion des tourments d'un *junkie* en manque. Et comme je n'y ai qu'assisté, je ne peux même pas prétendre en avoir maintenant une meilleure idée.

Je ne sais pas quoi répondre. Je n'arrête pas de penser à Dolorès, fiévreuse et trempée de sueur, se tordant dans son lit à côté de moi. J'ai le goût de brailler comme un veau.

Falcon essuie rageusement ses joues imbibées de larmes. Il se penche pour ramasser l'étui de son saxo. Je m'éclaircis la gorge.

— Et Dolorès dans tout ça?

— Dolorès? répète-t-il, comme s'il cherchait de qui je parle. C'est une fille qui a du cran, tu sais. Une vraie guerrière, qui m'aime plus que je ne le mérite.

— Et toi? Tu l'aimes?

Falcon fait semblant de n'avoir pas entendu. Il sort son sax, se le passe en bandoulière, comme si de rien n'était. Je répète ma question.

— Aimer: je ne suis pas sûr de savoir ce que c'est. J'ai connu un tas de bonnes femmes dans ma vie. Je me suis servi d'elles, j'en ai abusé. Beaucoup d'entre elles ont prétendu m'aimer. Je m'en suis toujours fiché. Dolorès, ce n'est pas pareil. On se ressemble. Dès notre première rencontre, je l'ai adoptée comme soeur. On est des animaux blessés, deux chats de gouttière qui se lèchent les plaies.

— Ce n'est pas une réponse claire.

— C'est la seule que tu auras.

Il a remplacé l'anche de son biniou et me fait signe de le précéder vers les marches. J'obéis. En haut, les applaudissements de la foule ponctuent la conclusion du morceau que lui a servi le trio rythmique en guise de hors-d'oeuvre. Au milieu de l'escalier, je me tourne cependant pour une dernière question.

— Qu'est-ce que tu comptes faire pour l'argent?

— Ne t'inquiète pas, le kid, répond-il en me pressant d'avancer. Je vais me débrouiller. Je me suis toujours débrouillé…

Les acclamations redoublent d'ardeur au moment où Jimmy Falcon apparaît sous les projecteurs. De sa cabine près de la scène, un animateur volubile le salue de la main, tout en poursuivant son baratin. C'est un grand châtain à lunettes carrées, modèle BCBG, à l'enthousiasme forcé. Le genre de type qui pourrait égrener au micro un chapelet de catastrophes mondiales avec un sourire dans la voix.

— À entendre la foule entassée au Brilliant Corners de Greenwich Village pour cette édition de *L'heure jazz du lundi* à l'antenne de WJAZ-AM, vous devinez qu'il vient de faire son entrée. Voici enfin la vedette de la soirée, le Prince du sax alto, j'ai nommé Jimmy Falcon.

Le saxo acquiesce à l'accueil chaleureux du public, puis se tourne vers le trio rythmique. Martell lui adresse un signe de tête, pour lui signifier que la musique importe plus que leur conflit. Falcon sourit, rassuré. Il prend place devant son micro. Decrescendo des vivats et des sifflements. De mon côté, je me pare les yeux d'une main, cherchant en vain Dolorès et Boss BG dans l'assistance.

L'animateur engage la conversation avec

Falcon, qu'il appelle par son prénom et aborde avec familiarité. Malgré ces efforts pour simuler un rapport amical avec le saxo, l'échange reste glacial. De toute évidence, Falcon digère mal que ce parasite touche un cachet deux fois supérieur à celui du quintette entier pour venir débiter des âneries sur sa musique.

— Et qu'est-ce que tu vas nous jouer maintenant, Jimmy? demande le présentateur qui persiste à jouer la carte de la convivialité.

Laconique, Falcon annonce un blues de John Lee Hooker au titre éloquent: *Stop Talking*. Comprenant l'allusion, quelques membres de l'assistance pouffent de rire. Imperméable à cette boutade, l'animateur enchaîne sur un ton faussement enjoué:

— Eh bien! on se tait tout de suite pour écouter le Jimmy Falcon Quintet avec *Stop Talking* de John Lee Hooker.

Je renonce à repérer Dolorès et me concentre plutôt sur la musique. Déjà, *The Tiger* attaque l'intro. Cette pièce de Hooker ne m'est pas étrangère, mais le groupe en joue un arrangement original sans partition. Il me faut en maîtriser sur-le-champ la grille harmonique pour pouvoir donner efficacement la réplique à Falcon. Par chance, il s'agit d'un blues typique, pas très difficile à mémoriser.

Comme toujours, le sax de Falcon m'ensorcelle dès la première note. À en juger par les sourires béats qui illuminent le visage des autres membres du quintette, je constate qu'il a le même effet sur eux. Sans rien trahir de l'esprit de Hooker, Falcon transforme cette mélodie très simple en une complainte d'une sensualité enivrante.

En un temps record, j'assimile la structure de la chanson. Au deuxième chorus de saxo, je me permets de ponctuer les envolées de Falcon d'un *riff* impromptu et tout à fait dans le ton. Bientôt, le leader me cède la parole. J'amorce mon impro, étonné de constater la facilité avec laquelle je brode autour du thème, y annexant même des citations d'autres airs de Hooker, notamment *Time is Marchin'*.

Tout à coup, je comprends pourquoi cette chanson me disait quelque chose: il s'agit de la première pièce du microsillon pirate que m'offrira ma mère dans plusieurs années!

Chapitre 11

Le temps s'enfuit

Le vertige me reprend dès lors où l'évidence me frappe de plein fouet. Je suis en train de donner le spectacle dont l'enregistrement m'a arraché à mon époque pour me ramener presque quarante ans en arrière, au Brilliant Corners, ce soir.

La tête me tourne de plus belle, alors que Falcon annonce la deuxième pièce du *set*: *Tempus Fugit* de Bud Powell. Comme sur le disque, Chuck Gordon répond par un roulement tonitruant de grosse caisse qui cède bientôt au thème, entonné en choeur par Falcon et moi.

Tempus Fugit. Le temps s'enfuit.

Je me sens possédé par une urgence comme je n'en ai jamais connue. Dans mon esprit clignote en lettres de feu ce graffiti aperçu l'autre jour: *Beware for Armageddon is coming!* Tout fout le camp. Le batteur multiplie les explosions sur ses cymbales, avec la volonté de chasser le reste du quintette en bas de l'estrade.

Sans l'ostinato scandé par la contrebasse de Martell pour servir d'ancre, j'ai bien l'impression que tout, la musique, nos instruments, la foule, le club en entier se désintégrerait dans un éblouissant champignon nucléaire.

Essoufflé par ce tempo casse-cou, je m'écarte du micro pour laisser Falcon prendre son envol. Ses doigts courent sur le sax si vite qu'on dirait qu'il en possède plus de dix, trente peut-être. Je connais son solo, pour l'avoir tant écouté. J'en anticipe les moindres mouvements. Voilà, il va s'élever dans les aiguës, soufflant sa crainte, expulsant de sa poitrine son mal de vivre.

Au milieu du torrent déchaîné par Falcon, j'ai une soudaine illumination. Pour ce solo, il a renoncé aux citations pince-sans-rire d'airs à la mode, aux astuces et cabotinages de virtuose. Ce qu'il raconte ici, c'est son histoire.

L'histoire d'un jeune Noir d'origine modeste qui croyait trouver le salut dans la musique, qui s'est vu emporté par la débâcle de l'époque et qui s'accroche, tant bien que mal, à l'espoir d'une vie meilleure. Malgré les humiliations du quotidien, les années qui fuient, les êtres chers que le temps emporte comme des feuilles d'automne.

Il y a des souffrances muettes au coeur de cet homme. James Edward Falcon n'est pas un dieu, une idole à hisser sur un piédestal, mais un être humain, ni meilleur ni pire que le premier venu. Un homme ordinaire, rien que ça et pourtant *tout* ça! Je comprends, maintenant. Et au moment de prendre le relais, sous l'orage des applaudissements des fans, j'oublie mes lectures, mes cours de solfège, mon histoire du jazz apprise par coeur.

Du vent, rien que du vent. Il y a plus. Plus vrai. Plus viscéral. Plus fondamental.

Le temps s'enfuit. Je me laisse posséder par le chant qui résonne en moi. J'ai beau connaître le solo que je vais jouer, je le réinvente cependant note après note, tout imprégné de mon expérience des derniers jours.

Je ne suis plus juste Marlon Lamontagne, fils d'un musicien errant et d'une chic fille du Lac-Saint-Jean. Je suis Shadow Hill, ombre projetée qui fait le pont entre deux époques, n'appartenant ni tout à fait à l'une ni tout à fait à l'autre.

Je suis à la fois Marlon Lamontagne et Shadow Hill.

Je suis, par-delà l'espace et le temps, pour l'éternité, le complice de James Edward Falcon.

Voilà, je détache mes lèvres de mon biniou. Je me tais. Tony *The Tiger* pétrit son clavier, en secouant ses boucles brunes, la tête renversée vers l'arrière. Nos solos l'ont subjugué et il nous relance, extatique. Sa colère contre son leader s'est complètement dissipée, remplacée par le pur bonheur de jouer.

Çà et là, les habitués poussent des petits cris d'approbation. D'un morceau à l'autre, en dépit du boniment du disc-jockey verbomoteur, chaque membre du quintette surenchérit. Tout y passe: de la transe des chants de l'Afrique ancestrale jusqu'aux vibrations modernes de l'Occident industriel. Au fil de la prestation, nous nous transformons en une redoutable machine à plaisir.

Exténués, nous terminons le spectacle avec *Les feuilles mortes*, demande spéciale d'une dame qui était sûrement là hier soir. Je souris à l'idée que le programme ait été en tout point conforme au futur microsillon. À la coda, j'entends les mots de la strophe finale:

Mais la vie sépare ceux qui s'aiment
Tout doucement sans faire de bruit

Et la mer efface sur le sable
Les pas des amants désunis

Après les derniers accords de la chanson plaqués par *The Tiger* au piano, nous tirons notre révérence, soûlés de musique, sous les acclamations de la foule et les dithyrambes de l'animateur.

Dans la loge cependant, l'ivresse que m'a procurée l'intensité de notre performance collective cède place à l'angoisse. Je m'inquiète de Dolorès, qui ne s'est pas manifestée. Boss BG n'avait-il pas déclaré qu'il l'emmènerait à notre spectacle? Et si, pendant que nous jouions les démiurges, il lui était arrivé malheur?

Encore galvanisé par la musique, Falcon n'a pas l'air de s'en soucier. Seul le creux dans son estomac semble le préoccuper. Également affamés, les membres du quintette délibèrent sur la manière d'apaiser la petite fringale nocturne: pâtes et spécialités napolitaines chez un Italien du Village ou douceurs de la cuisine traditionnelle du Sud chez Sylvia's dans Harlem?

On opte pour la proximité, d'autant plus que l'Italien a davantage de chance d'être encore ouvert à cette heure et que Falcon y a son ardoise. Je m'aperçois que j'ai une faim de loup moi aussi. Je n'ai pas pris une bouchée depuis le lunch aux fiançailles, hier après-midi. Pas étonnant que je sois à ce point étourdi.

Tandis que les autres vont chercher la fourgonnette garée à quelques pâtés de maisons, Falcon et moi les attendons dans la ruelle de service, en veillant sur la contrebasse et la batterie.

Soudain, quelque chose bouge dans l'ombre. Un chat de gouttière? Je frémis en entendant la voix de Dolorès.

— Jimmy! Marlon! Attention!

Du coup, les phares d'une voiture au fond de l'allée fendent l'obscurité. Malgré l'éblouissement, j'aperçois Chico. D'une main, il tord le bras de Dolorès derrière son dos. De l'autre, il dessine dans l'air des motifs abstraits avec son couteau.

— C'est l'heure des règlements, Falcon, murmure le Latino.

Des pas derrière nous attirent mon attention. À l'autre bout de l'allée, des silhouettes imposantes s'approchent: Brother Ray et le Taz. À leur expression, je devine qu'ils ne viennent pas nous demander un autographe.

— Boss BG m'a donné jusqu'à demain

pour trouver l'argent…

Chico ricane doucement en regardant sa montre.

— Vrai. Mais il est passé minuit, *moreno*.

— Sachez que nous sommes sincèrement désolés, maître Falcon, intervient Brother Ray, comme toujours cérémonieux. Mais votre temps est expiré.

— Autrement dit, on va te faire la peau, grogne le Taz.

Les deux cerbères du Brilliant Corners ne sont plus qu'à quelques pas de nous. Nous sommes coincés entre deux feux. Mes yeux sondent la pénombre à la recherche d'un objet qui pourrait servir d'arme: une barre de métal, un bout de planche, un couvercle de poubelle, n'importe quoi. Si seulement les autres membres du quintette pouvaient revenir…

Pourquoi cet étonnement, cette terreur? Je le connaissais pourtant, l'acte final de ce drame. Quelle audace d'avoir pensé, ne serait-ce qu'un instant, que je pourrais changer le cours de l'Histoire.

Presque serein, Falcon se tourne vers Chico, dont le visage s'éclaire d'un rictus malsain.

— Laisse aller Dolorès, Chico. Elle n'a rien à voir là-dedans.

— Au contraire, *pendejo*. Boss BG croit que c'est très important qu'elle voie de ses yeux ce qui arrive à ceux qui osent le défier…

— Tu n'es vraiment rien qu'une crotte de chien!

L'injure efface le sourire du Latino. Outré, il pousse Dolorès et bondit vers Falcon, sa lame en avant. Falcon tente de parer l'estocade avec son étui à saxo, mais le Taz l'attrape par la nuque. Je frappe le Taz avec ma trompette pour l'obliger à lâcher prise. L'animal réplique avec un coup de poing sur le côté du crâne qui m'envoie embrasser un mur de brique. Mon biniou frappe le sol avec un bruit mat.

Impossible de suivre le combat, à travers les cris, les grognements, les plaintes étouffées, les craquements d'os et le son des coups qui pleuvent de toute part. Je ne sais plus qui frappe qui. J'ai juste conscience d'une morsure brûlante à l'estomac. La lame de Chico m'a ouvert le ventre. Je m'effondre, complètement désorienté.

En tournant la tête, je vois en contre-plongée les trois malabars s'en donner à coeur joie sur Falcon. Ils se relayent, l'un le dardant de coups de couteau, l'autre lui boxant le visage ensanglanté, l'autre encore lui balançant des coups de genou dans les parties intimes.

Je réussis à me mettre à quatre pattes. Dolorès m'aide à me redresser. Nous nous élançons dans la nuit épaisse. Je trébuche à ses côtés, dans un labyrinthe de ruelles obscures. À bout de souffle, je m'écroule. Dolorès s'accroupit près de moi. Elle pleure.

Ma vision s'embrouille. Est-ce bien Dolorès que j'aperçois tout près ou ma mère? Elle passe la main sur mon front, mes joues. J'entrouvre les lèvres, mais la douleur dans mon ventre m'a tranché les cordes vocales. Je ne peux que grogner. Je baisse les yeux sur ma chemise imbibée de rouge.

Dolorès se relève et recule tranquillement.

— Je vais aller chercher de l'aide. Ne bouge pas…

Quand bien même je le voudrais, je ne pourrais pas remuer d'un poil. Mes membres s'alourdissent. J'ai la trouille. Je vais crever, je le sais. Je pleure et je ris à la fois. Quelle absurdité: rendre l'âme vingt ans avant sa naissance! Le paradoxe est à mourir de rire.

L'écho des talons de Dolorès qui martèlent la chaussée diminue, se perd au loin.

Mes doigts baignent dans le sang chaud et poisseux. Je me tiens le ventre à deux mains. J'ai peur que mes tripes s'en échappent si je le relâche.

La douleur me fait délirer. La ruelle s'illumine, comme une photo surexposée. Bientôt, elle n'est plus que luminosité. Je cligne des yeux. Des éclairs traversent mon esprit. Ma trompette! J'ai perdu le do de ma trompette. Et le ré et le mi et le fa… Ah, si maman savait ça!

Je ne sais plus où je suis. Pourquoi, pourquoi l'univers est-il si aveuglant? Impossible de garder la tête droite. Mes vertèbres se dissolvent. Ça tourne et tourne. Le monde entier n'est plus qu'un tourbillon de lumière. Je m'abandonne au maelström. Je me laisse couler.

Pendant un micro-instant, j'aperçois le décor familier de ma salle de musique. Sur la platine, la tête de lecture se cogne sans cesse à l'étiquette du microsillon de Jimmy Falcon au Brilliant Corners en émettant des petits tic. Chez moi? Mais comment?

Dans la pièce d'à côté, j'entends la voix angoissée de ma mère réclamer une ambulance, *vite*!

J'esquisse un sourire idiot et je m'évanouis.

Coda

Que será será

Je ne me rappelle plus quelle histoire j'ai inventée pour expliquer mon accoutrement et mes blessures, quand maman m'a trouvé sans connaissance dans ma salle de musique. De toute façon, elle n'en a pas cru un mot. Pas plus qu'elle n'a digéré la perte de ma trompette qui lui avait coûté si cher…

— Tu es bien le fils de ton père, Marlon, s'est-elle emportée. Une tête brûlée, complètement irresponsable!

J'ai passé quelques jours à l'hôpital, le temps de me faire recoudre le ventre. Par bonheur, la lame n'avait pas atteint d'organes vitaux. J'avais perdu beaucoup de sang, mais je m'en tirerais.

Évidemment, formalités judiciaires obligent, des policiers m'ont interrogé sur mon lit d'hôpital à propos de ma présumée agression. Que leur dire? Que je m'étais fait poignarder par un revendeur de drogue dans une ruelle sordide du New York du début des années soixante?

Devant mon silence entêté, ils m'ont classé parmi les victimes du «taxage» qui sévissait dans les polyvalentes montréalaises. Ils ont promis de me garder à l'oeil, convaincus de mettre un jour la main sur mes agresseurs. S'ils savaient…

L'après-midi où j'ai obtenu mon congé de l'hôpital, maman est venue me chercher après le travail. C'est en arrivant à la maison que nous avons trouvé le colis en provenance des États-Unis.

***

Je n'ai pas pleuré en apprenant le décès de Pierre Morton Latouche. La lettre a seulement confirmé un événement que j'avais pour ma part vécu intérieurement il y a longtemps, très longtemps déjà.

L'auteure de la lettre, une certaine Edith Keeler, déplorait de n'avoir pu nous contacter plus tôt pour nous aviser de la condition de papa. Elle connaissait notre existence. Mais mon père avait toujours refusé de lui divulguer notre adresse et elle l'avait trouvée en fouillant dans ses affaires après sa mort.

Selon cette inconnue qui avait partagé les dernières années de sa vie, Pierre Morton Latouche regrettait sincèrement le mal qu'il nous avait fait et aurait tout donné pour se racheter.

Belle affaire! Comme si les regrets pouvaient changer quoi que ce soit…

Pauvre comme Job jusqu'à la fin, mon père laissait pour unique legs ses dettes. Toutefois, madame Keeler avait tenu à nous envoyer quelques effets personnels qui, selon elle, nous revenaient. La boîte contenait des artefacts de sa vie québécoise, des bijoux et parfums qu'il destinait à maman depuis des lustres; les partitions de ses compositions qu'il voulait m'offrir; des photos récentes de lui, avant que la maladie ne le gruge jusqu'aux os.

Et puis, surprise parmi les surprises, une trompette.

La Martin Committee qu'il avait apportée chez nous quand j'étais petit, celle qui aurait appartenu à un partenaire de Jimmy Falcon.

Je n'en croyais pas mes yeux: ma trompette?

Impossible. Un instrument de modèle identique, peut-être, mais pas le même. Ça n'avait pas de sens. Il fallait en avoir le coeur net.

Fébrile, j'en ai dévissé les pistons juste pour voir. L'étonnement m'a asséné un coup en plein coeur.

Le premier et le troisième piston étaient actionnés par de vieux ressorts, sans doute d'origine. Mais dans le piston du milieu se trouvait un ressort presque neuf. Un ressort pareil à celui installé par le vieux Ron l'autre jour…

C'était comme l'énigme de l'oeuf et de la poule… J'avais perdu dans le passé une trompette moderne qui aurait par la suite échoué entre les mains de mon père, lequel m'avait interdit d'y toucher toute mon enfance. Et finalement, tel un boomerang, cette trompette me revenait en héritage. Mais d'où venait-elle à l'origine?

Je ne savais trop quoi penser de ce paradoxe. De toute façon, je n'avais pas le temps d'y réfléchir. J'étais bien trop occupé à soutenir ma mère terrassée par le double chagrin d'apprendre simultanément la trahison et la mort de cet homme qu'elle avait trop aimé.

***

Je ne me mêle pas aux autres, après le spectacle de fin d'année. Je n'ai pas le coeur aux réjouissances. Et puis, plutôt mourir que d'entendre la Blanchet se gargariser à propos des arrangements insipides qu'elle a imposés à l'Harmonie!

Je me réfugie dans la salle de répétition, que le surveillant a accepté de m'ouvrir. Dans la pénombre, je songe à mon aventure, dont les détails s'estompent. Que dit la chanson encore? Ah oui: «... et la mer efface sur le sable… » Falcon, Dolorès, Martell et les autres: impossible de croire que j'avais juste rêvé!

J'embouche mon biniou. Je me suis ouvert la lèvre inférieure pendant le spectacle de ce soir. Mais j'ai encore envie de jouer, de souffler mes blues, d'exorciser mon spleen. Je me recueille, les doigts en position. Je laisse la musique monter en moi comme une rumeur. Doucement, j'entonne l'intro des *Feuilles mortes*, dans le superbe arrangement de Miles.

Au deuxième chorus, une mélodie vient se marier à la mienne. J'entrouvre les paupières, interloqué, sans arrêter de jouer. De l'autre bout de la salle, Marianne Labonté me relance à la clarinette.

Curieusement, je ressens la même émotion que lors de mon duo avec Dolorès au

Brilliant Corners. Nos chants se nouent, s'entremêlent. Comme deux amants qui marchent main dans la main, nous menons la chanson à terme.

J'abaisse ma trompette, un peu gêné.

— Je ne pensais pas que tu aimais la chanson française, me dit Marianne, la voix enrouée.

— *Les feuilles mortes* sont aussi un grand classique du jazz.

Ma réponse est bête, je sais. Ma condisciple ne se tient plus qu'à quelques pas de moi. Des larmes inondent ses grands yeux d'émeraude. Je lui demande pourquoi elle pleure.

— C'est tellement triste, ta manière de jouer…

Nous restons là, comme ça, au milieu du silence. Persiste un malaise, que je ne saurais dissiper. Marianne fait un pas de plus et tend ses lèvres vers les miennes. Au début, je n'ose pas réagir. Puis j'accueille son baiser comme un fruit mûr et juteux. À mon grand étonnement, la bluette de Doris Day résonne à mes oreilles:

Que será será
Ce qui doit être sera

Il ne nous est pas permis de voir le futur
Que será será

Je n'ai pas la moindre idée de ce que me réserve l'avenir. Et c'est sans doute mieux ainsi. Pour l'instant, j'ai juste envie de m'y abandonner les yeux fermés.

Table des matières

Date de retour

29 MAR '05		
3 1 MAR '05		
1 3 AVR '05		
- 5 AVR '05		
- 6 OCT '05		
2 2 NOV '05		